로하

교과연계
초등 국어 5학년 6단원 인권을 존중하며 함께 사는 우리
초등 국어 6학년 1학기 8단원 인물의 삶을 찾아서
중등 국어 2학년 6단원 깊고 넓은 이해(비상)
초등 도덕 5학년 5단원 갈등을 해결하는 지혜
중등 도덕 1학년 4단원 자연, 생명, 과학, 문화와 도덕(천재)

청소년 권장 도서 시리즈 16

로하

2025년 12월 5일 초판 1쇄

글 한상식 그림 최정인
펴낸이 김숙분   디자인 김은혜   홍보·마케팅 최태수
펴낸 곳 (주)도서출판 가문비   출판등록 제 300-2005-60호
주소 (06732) 서울 서초구 서운로 19, 1711호(서초동, 서초월드오피스텔)
전화 02)587-4244~5   팩스 02)587-4246   이메일 gamoonbee21@naver.com
홈페이지 www.gamoonbee.com   블로그 blog.naver.com/gamoonbee21/
제조국 대한민국   사용 연령 10세 이상
주의 사항 종이에 베이거나 긁히지 않게 조심하세요.

ISBN 978-89-6902-818-1 43810

ⓒ 2025 한상식, 최정인

· 책값은 뒤표지에 있습니다.
· 잘못된 책은 구입하신 곳에서 바꾸어 드립니다.
· 이 책의 내용과 그림은 저자와 출판사의 허락 없이 사용할 수 없습니다.
· 이 책은 한국장애인문화예술원의 후원을 받아 2025년 장애예술 활성화 지원사업의 일환으로 발간되었습니다.

후원 : 한국장애인문화예술원 Korea Disability Arts & Culture Center

로하

한상식 글 · 최정인 그림

작가의 말

　로하를 쓰려고 하자, 이 땅에 있는 많은 로하가 생각났습니다.
　나도 로하입니다. 작고 약해 센 힘 앞에선 아픔을 겪고 눈물을 흘려야 하는….
　하지만 로하는 친구를 위로할 줄 아는 맘 따뜻한 친구입니다. 주기보다는 뺏기는 것에 익숙해 기쁨보다는 슬픔이 많지만, 할아버지가 계시는 시골 마을에 갔다가 특별한 경험을 하게 됩니다.
　펠레나와 그 외 친구들에게 위로받고 떠돌이 개에게서 사랑과 용기를 배운 뒤, 로하는 스스로에게 다짐합니다. 용감하고 힘차지겠다고요. 그래서 바오밥나무가 알려 준 별이 된 개의 꿈을 잊지 않겠다고요.

여러분도 로하가 되어 보세요. 로하처럼 다짐하고 부닥치면 차돌 같은 자신감과 꿈이 생길 것입니다.

우리 모두가 로하가 되어, 슬픔이 있는 사람에게 따뜻한 친구가 되기를 소망합니다. 영영 그런 사람이기를 꿈꾸어 봅니다.

로하에게, 그리고 나와 여러분에게 오래오래 기억되는 책이 되기를 바랍니다.

한상식 올림

차 례

1. 빵 한 개 _ 9
2. 새 신발 _ 18
3. 시몽 할아버지 _ 27
4. 바오바브나무와의 만남 _ 35
5. 펠레나 _ 44
6. 떠돌이 개 _ 53
7. 개, 뱀에게 물리다 _ 62
8. 강물에 떠내려간 새 신발 _ 71
9. 바보, 바보 _ 79
10. 나를 안아 봐 _ 87
11. 엄마의 편지 _ 96
12. 할아버지의 선물 _ 105
13. 이름 두 개 _ 113
14. 다짐, 그리고 이별 _ 118
15. 내 빵 내놔 _ 125

1. 빵 한 개

허름한 집에서 도란도란 이야기 소리가 들려옵니다. 로하와 엄마의 목소리입니다.

"엄마, 오늘은 많이 파셨어요?"

"조금밖에 못 팔았어. 요즘은 관광객이 잘 오지 않으니…."

엄마의 얼굴에 그늘이 가득합니다.

"내일은 많이 팔릴 거예요. 이렇게 예쁘니까요."

로하는 엄마가 만든 조개껍질 목걸이를 목에 건 채 활짝 웃습니다. 엄마도 멋쩍게 웃습니다.

다섯 살 때 아빠가 돌아가셔서, 로하는 엄마와 단둘이 남았습

니다. 아빠가 안 계시니, 더 가난해졌고 자주 끼니를 거르곤 했습니다. 그래서인지 로하는 또래보다 키도 작고 힘도 약했습니다. 엄마는 그런 로하가 늘 걱정되었습니다.

"엄마, 관광객은 이곳 마다가스카르[1]에 왜 와요? 별 볼 것도 없는데…."

"우리나라에 있는 바오바브나무를 보러 오지."

"바오바브나무요? 학교에서 선생님께 들었지만, 본 적이 없으니…."

"언젠가 보게 될 거야."

엄마는 로하의 머리를 쓰다듬어 주었습니다.

"밥 먹자."

엄마는 어느새 밥을 다 지었습니다. 반찬이라곤 두어 가지뿐이지만, 로하는 맛있게 먹었습니다. 엄마는 걱정스러운 얼굴로 로하를 물끄러미 바라봅니다.

내일은 꼭 조개껍질 목걸이를 많이 팔아 텅 빈 쌀통을 채워야

---

1) 마다가스카르: 아프리카 동쪽에 있는 공화국이며 섬나라이다. 수도는 안타나나리보이며, 공용어는 말라가시어와 프랑스어이다. 인구는 약 2,550만 명이다.

합니다.

로하는 낡은 가방을 메고 집을 나섰습니다.

"로하야, 벌써 학교 가니?"

옷을 툭툭 털며 골목을 걷는 로하를 보고 아주머니가 묻습니다.

"네, 아주머니."

냇가에서 빨래하고 왔는지 아주머니가 이고 있는 대야에서 물이 뚝뚝 떨어집니다. 물방울이 길을 따라 길게 이어져 있습니다.

"공부 잘하고 와."

"네."

로하의 대답이 경쾌합니다. 로하가 이렇게 학교에 일찍 가는 건, 빵을 주는 날이기 때문입니다. 골목을 휘돌아 큰길로 나가려고 할 때, 등 뒤에서 누가 부릅니다.

"로하야, 같이 가자."

옆 골목에서 브누아가 헐레벌떡 뛰어옵니다.

"너도 일찍 가는구나."

"당연하지. 빵 주는 날이니 일찍 가서 앞자리에 앉아야지. 저번엔 빵이 모자라서 뒷자리에 앉은 아이들은 못 받았잖아."

"맞아, 이번에도 그럴지 몰라. 빨리 가자."

브누아가 뛰자, 로하도 따라서 뜁니다. 작은 가게들을 지나고 찻길을 건너 곧장 언덕을 오릅니다. 숲 사이로 언뜻언뜻 학교가 보입니다. 턱까지 찬 숨을 내뱉으며 교문을 들어서니, 먼저 온 아이들이 교실로 향하고 있습니다. 지름길인 나무 울타리 밑으로 기어서 들어온 것입니다. 로하와 브누아도 서둘러서 교실로 향합니다.

교실에는 서너 명이 와 있었습니다. 안심하고 있는데 갑자기 아이들이 뛰어 들어와 잽싸게 자리에 앉습니다. 로하와 브누아도 급히 자기 자리로 가서 앉았습니다. 순식간에 빈자리가 아이들로 가득 찹니다.

잠시 후, 문이 스르르 열리며 담임 선생님이 들어오더니 아이들을 살핍니다. 이윽고 수업 시작을 알리는 종이 땡땡땡! 울립니다.

"자, 여러분. 책을 펴세요. 오늘은 빵을 먹는 날이니, 더 열심히 공부해야겠죠?"

"네, 선생님."

아이들의 목소리가 한껏 들떠 있습니다. 책 읽는 소리도 우렁

찹니다. 그러나 시간은 아주 느리게 흘러갑니다. 머릿속엔 온통 빵뿐이고 뱃속에선 배고픔의 알람이 꼬륵꼬륵! 울립니다.

"이제 3교시야, 한 교시만 더 하면 빵을 받을 수 있어. 그런데 오늘은 다 받을 수 있을까?"

"그러게. 다 받지 못하면 안 되는데."

아이들의 얼굴에 걱정이 어립니다.

"땡땡땡!"

마침내 4교시를 마치는 종이 울립니다. 아이들이 '와아!' 하며 환호성을 지릅니다.

선생님이 반장과 함께 빵이 든 상자를 들고 옵니다. 모두 세 상자입니다. 아이들에게 다 돌아가기에는 조금 부족한 양입니다.

"자, 저번에 못 받은 사람부터 줄게요."

선생님이 저번에 못 받은 아이들을 챙긴 후, 앞자리부터 나눠 줍니다. 로하도 빵 한 개를 받았습니다. 고소한 냄새가 코끝을 자극합니다. 이번에도 빵이 모자라서 뒷자리에 앉은 피에르와 몇몇 아이가 받지 못했습니다.

"못 받은 사람은 다음 주에 꼭 챙겨 줄게요. 모두 조심해서 돌아가세요."

선생님이 교실에서 나가자, 아이들도 우르르 자리에서 일어납니다. 로하도 아이들 사이에 섞여 밖으로 나옵니다.

'빨리 집에 가야지. 엄마 오시면 빵 드리게.'

로하는 발걸음을 재촉합니다.

숲 사이를 지날 때, 갑자기 피에르가 나타나더니 로하의 앞을 막아섭니다.

"빵 이리 내놔."

"안 돼, 엄마 드릴 거야."

"이게."

피에르가 주먹으로 로하의 가슴팍을 칩니다.

"윽!"

로하가 땅에 주저앉자, 피에르가 쏜살같이 빵을 낚아챕니다.

"안 돼!"

로하가 일어나서 다시 빵을 낚아챕니다.

"어쭈, 이게."

피에르가 로하의 배를 걷어차더니, 주먹으로 얼굴을 마구 때립니다. 입과 코에서 붉은 피가 흡니다. 피에르가 로하의 손을 비틀어서 빵을 뺏습니다.

"안 돼! 엄마, 엄마 드릴…."
로하는 그만 정신을 잃고 말았습니다.
한참 후, 브누아가 로하를 흔듭니다.
"로하야. 괜찮아?"
"피에르가 내 빵을 가져갔어."
로하가 힘없이 말합니다.
"나도 뺏겼어. 씻으러 가자."
브누아가 로하를 일으킵니다. 그리고 보니, 브누아의 얼굴도 엉망입니다.

로하와 브누아는 말 없이 냇물에 얼굴을 씻습니다. 뜨거운 눈물이 냇물에 방울방울 떨어집니다.
"엉엉…."
로하는 참았던 울음을 터트리고 맙니다.
"억울해. 너무 억울해."
로하의 울음이, 브누아의 눈에 눈물로 맺힙니다.

2. 새 신발

"무슨 일 있었니? 얼굴이 왜 그래?"
"아니에요. 브누아와 너무 많이 놀았나 봐요."
"그러면 다행이고. 친구들과 사이좋게 지내야 해. 알았지? 다들 어려우니 서로 돕고."
엄마가 로하의 등을 어루만집니다.
"조개껍질 목걸이, 많이 파셨어요?"
"그럼. 조개껍질에 꽃잎 장식을 했더니, 사람들이 예쁘다며 다 사 갔어. 주문도 받아왔는걸."
"잘됐네요. 엄마 손재주는 알아줘야 해요."

로하가 엄마를 보고 활짝 웃었습니다.

"이거 먹어 봐. 비스킷이야."

로하가 비스킷을 먹는 사이, 엄마는 항아리에 쌀을 가득 채웁니다. 항아리가 묵직해집니다. 생선도 다듬습니다. 로하도 피에르에게 빵을 뺏긴 일을 잊고 즐거워합니다.

"엄마, 브누아도 같이 저녁 먹으면 안 될까요?"

"브누아랑?"

"네, 브누아 엄마는 늦게 오시잖아요."

"그렇지, 어서 가서 브누아 데려오렴. 빨리 생선을 구워야겠네."

엄마의 허락이 떨어지자, 로하는 다람쥐처럼 브누아의 집으로 달려갑니다.

"브누아!"

어둑한 방에서 브누아가 훌쩍이고 있습니다. 로하는 브누아 곁으로 가만히 다가갔습니다.

"그 빵은 내 저녁이었는데…."

"울지 마. 이미 끝난 일인걸."

"내가 바보야. 싸워 보지도 못하고…."

"밥 먹으러 가자."
"밥이라니?"
"엄마가 가져간 조개껍질 목걸이를 모두 파셨대. 항아리에 쌀도 가득해. 지금 생선 굽고 계셔. 너, 생선 좋아하잖아? 참, 이것도 먹어 봐. 비스킷이야."
로하가 아껴 둔 비스킷을 브누아에게 건넵니다.

집에 가니, 엄마가 밥을 해놓고 기다리고 있습니다.

"어서 와라, 브누아."

엄마가 브누아를 반겼습니다. 브누아는 쭈뼛거리며 상 앞에 앉습니다. 갓 지은 밥에서 김이 모락모락 오릅니다.

"어서 먹어."

로하가 생선을 발라 브누아의 밥그릇에 얹어 줍니다. 어두웠던 브누아의 얼굴이 이내 보름달처럼 밝아집니다. 로하도 덩달아 기분이 좋아집니다.

"조개껍질 목걸이를 오늘도 다 팔았네요."

스카프 가게 아주머니가 빈 좌판을 보더니 놀라서 말했습니다.

"네, 관광객이 예쁘다면서 잘 사 가네요."

"맞아요. 참 예뻐요. 저, 로하 엄마. 나랑 같이 일해 볼래요?"

"무슨 일인데요?"

"내 가게에서 조개껍질 목걸이를 파는 거예요. 스카프와 조개껍질 목걸이가 잘 어울릴 것 같아서요."

"좋긴 한데, 곧 여름방학이라…. 출퇴근하기에는 너무 멀고요. 로하도 혼자 두기 그렇고."

"로하에게 할아버지가 계신다고 했잖아요. 방학 동안 그곳에 보내면 안 될까요? 출퇴근이 힘들면, 나랑 지내도 되고요."

"로하랑 의논해 볼게요."

"그래요. 여름방학 때는 관광객이 많이 오니, 분명 장사가 더 잘될 거예요."

아주머니는 연신 싱글벙글했습니다. 엄마는 고민이 깊어졌습니다. 좋은 기회지만, 로하가 문제입니다.

생각 끝에 엄마는 로하에게 사정을 말했습니다.

"스카프 가게 사장님이 같이 장사하자고 하시네. 조개껍질 목걸이가 예뻐 스카프랑 같이 팔면 좋겠다고."

"잘됐네요."

"좋긴 한데, 가게가 너무 멀어서 거기서 생활해야 해."

"…."

엄마가 슬쩍 로하의 눈치를 보더니 말을 이었습니다.

"여름방학 때 시몽 할아버지 집에 가 있으면 안 되겠니?"

"시몽 할아버지 집에요? 거기가 어딘데요?"

"모론다바[2]에 있는 센트레 마을이야. 바오바브나무가 있는 곳

---

2) 모론다바: 마다가스카르의 도시로 바오바브나무로 유명하다.

이지."

"모론다바요? 여기서 멀어요?"

"톨리아라[3]에서 버스로 10시간쯤 가야 해."

로하는 잠시 생각하다가 말했습니다.

"갈게요. 시몽 할아버지도 뵙고요."

"시몽 할아버지도 널 반가워하실 거야. 두 살 때 보고 못 봤으니…. 낯설 텐데, 괜찮겠니?"

"괜찮아요. 엄마에게 기회가 왔으니 잡아야죠."

"고마워. 할머니가 요리를 잘하시니, 맛있는 거 많이 해 주실 거야. 난 이번 여름방학 때 열심히 일해서 가게를 마련해야겠어."

"멋진 생각이에요. 꼭 그렇게 될 거예요."

로하가 엄마를 응원했습니다.

"이제 내일이면 여름방학이네. 넌 방학 때 뭘 할 거니?"

브누아가 설레는 얼굴로 물었습니다.

"모른다바에 있는 할아버지 댁에 가. 엄마가 시내에 있는 스카

---

3) 톨리아라: 마다가스카르의 모잠비크 해협에 접한 항구 도시.

프 가게에서 일하게 되었거든."
"그렇구나. 난 너랑 낚시도 다니고 축구도 하려고 했는데…."
"미안해."
"아니야. 방학 끝나기 전에 올 거지?"
"응."
"보고 싶을 거야. 많이."
"너도 방학 때 할 일을 찾아봐."
"엄마 도와드릴 거야. 시간이 나면 낚시도 하고…."
브누아의 어깨가 축 처져졌습니다.

엄마는 오늘도 조개껍질 목걸이를 다 팔았습니다. 어젯밤 늦게까지 많이 만들었는데도 모자랐습니다. 엄마는 두둑해진 전대[4]를 어루만지다가 문득, 로하의 너덜너덜한 신발을 떠올렸습니다.
엄마는 곧장 신발가게로 향했습니다. 한참 동안 요리조리 살피다가 로하에게 어울릴 것 같은 신발을 골랐습니다.
"로하야, 이거 신어 보렴."

---

4) 전대: 돈이나 물건을 넣어 허리에 매거나 어깨에 두르기 편하게 만든 자루.

"웬 신발이에요?"

"할아버지 댁에 갈 때 신으라고 샀어."

로하는 신발을 조심스럽게 신어 보았습니다. 딱! 맞습니다.

"잘 맞니?"

"아주 잘 맞아요. 고마워요, 엄마."

"진즉 사 줘야 했는데…."

"아니에요. 아직 더 신을 수 있어요. 새 신발은 아껴 둘래요."

그날 밤, 로하는 신발을 머리맡에 둔 채 잠이 들었습니다. 설레어 잠도 설쳤습니다. 이따금 깨면 신발을 만져보고, 또 만져보았습니다.

3. 시몽 할아버지

버스 정류장에 갈 때까지 엄마와 브누아는 아무 말도 하지 않았습니다. 큰 그림자 속에 작은 그림자가 나란히 갈 땐, 자동차 소리도 들리지 않았습니다.

매미 울음에 보글보글 끓은 햇살은 따가웠고, 그로 인해 그늘은 좋은 쉼터가 되어 가고 있었습니다.

"저 그늘에서 버스를 기다리자."

엄마가 나무 그늘을 가리켰습니다.

"네가 없으면 매우 심심할 텐데…."

"두 달만 참아. 돌아오면 낚시도 하고, 축구도 하자."

브누아는 금방이라도 울 듯했습니다. 엄마도 로하를 걱정했습니다.
"혼자 갈 수 있겠니? 내가 모론다바까지 같이 가 줄까?"
"버스에 앉아서 있으면 되는걸요, 뭐."
로하는 엄마를 안심시키려고 애써 밝은 얼굴로 말했습니다. 사실 로하도 처음 가는 길이라 모든 게 낯설어 두려웠습니다.

멀리서 버스가 다가오자, 그늘에 있던 사람들이 우르르 몰려듭니다. 모두 보따리를 이거나 들고 있습니다. 밀고 당기는 몸싸움 끝에 짐칸에 보따리를 맡긴 아주머니가 먼저 버스에 오르고, 이어서 로하도 올라탑니다.

"기사님! 로하 잘 부탁드려요. 모론다바에 가면 툭툭이[5]가 기다리고 있을 거예요."

"알겠습니다. 제가 잘 데리고 갈게요."

버스 기사가 엄마를 향해 소리쳤습니다.

부릉 소리를 내며 버스가 출발하자, 브누아가 손을 흔들었습니다.

"로하야, 잘 갔다 와. 아프면 안 돼."

브누와의 외침에 로하는 코끝이 찡했습니다. 브누아와 엄마는 곧 뿌연 흙먼지 속으로 사라져갔습니다. 버스는 쉼 없이 달렸습니다.

---

5) 툭툭이: 오토바이를 이용해서 만든 교통수단.

비포장 길이라 덜컹거리고 속도도 느렸지만, 해가 머리 위에 있을 무렵에 중간 정류장에 도착했습니다. 순간 어디서 왔는지 장사꾼들이 소나기처럼 몰려와 아이스크림이나 빵, 커피 등을 사라면서 창문으로 마구 들이밀었습니다. 승객들은 기다렸다는 듯 모두 먹을 것을 사느라 바빴습니다. 옆에 앉은 아저씨가 로하에게 먹을 것을 주었습니다.

버스는 어둑어둑해질 즈음 모론다바에 도착했습니다.

"저기 툭툭이가 있구나."

버스 기사가 로하를 이끌고 툭툭이에게 갔습니다.

"로하를 기다리고 있지요?"

"네, 센트레 마을 바오바브나무 거리로 가면 되지요?"

툭툭이 기사가 로하를 툭툭이에 태웠습니다.

"꼭 잡으렴. 더 어두워지기 전에 도착해야 하니까."

로하는 새 신발이 든 가방을 한 팔로 안고, 손잡이를 꼭 잡았습니다. 툭툭이는 어둠이 내려앉는 거리를 지나 시골길을 내달렸습니다. 움푹 팬 곳을 지날 때마다 엉덩이가 들썩여, 행여 의자에서 떨어질까 봐 몇 번이나 자리를 고쳐 앉았습니다.

손에 밴 땀이 식어갈 무렵, 드디어 툭툭이가 멈춰 섰습니다.

"여기가 바오바브나무 거리란다. 그런데 네 할아버지 집은 어디에 있지?"

툭툭이 기사가 로하에게 말했습니다. 하지만 너무 캄캄해서 아무것도 보이지 않았습니다.

그때 달구지가 다가왔습니다. 로하가 큰 소리로 말했습니다.

"시몽 할아버지 집이 어딘지 아세요?"

"알지, 시몽 할아버지는 우리 마을의 자랑인걸. 네가 로하로구나."

"네에."

"잘 만났네. 할아버지가 아침부터 널 기다리고 계셔. 이제 제가 아이를 데리고 갈게요. 여기까지 오느라 수고했습니다."

청년이 로하를 달구지에 태운 뒤 툭툭이 아저씨에게 인사했습니다. 툭툭이가 왔던 길로 되돌아갔습니다. 조랑말이 걸음을 내디딜 때마다 달구지는 앓는 듯 삐그덕거렸습니다. 로하는 시몽 할아버지에 대해 궁금증이 일었습니다.

"저, 시몽 할아버지가 마을의 자랑이란 게 무슨 뜻이죠?"

"여기서 지내다 보면 알게 될 거야."

어둠 속에서 청년의 미소가 흰 이로 나타났다가 사라졌습니다.

"저 멀리 공터 보이지? 그 옆에 있는 흙집이 시몽 할아버지 집이야."

청년은 희미한 불빛 속에 담긴 흙집을 가리켰습니다. 로하와 청년은 달구지에서 내려 나란히 걸어갔습니다. 시몽 할아버지 흙집 앞에 이르렀을 때, 청년이 힘껏 소리쳤습니다.

"할아버지! 로하가 왔어요."

할아버지가 금세 밖으로 나왔습니다.

"로하가 왔다고?"

"안녕하세요. 할아버지."

로하가 꾸벅 인사했습니다.

"그래, 잘 왔다. 많이 컸구나. 할멈, 어서 나와 봐요. 로하가 왔어요."

할아버지가 부르자, 할머니가 밖으로 나왔습니다.

"오! 정말 로하가 왔구나. 오느라 고생했지? 배고플 텐데, 어서 들어가서 밥 먹자. 두 살 때 보고, 이제야 보다니…."

로하가 인사할 새도 없이, 할머니는 로하를 부둥켜안더니 손을 잡고 흙집으로 들어갔습니다. 바닥에 모래가 깔린 흙집은 생각보다 아늑했습니다. 부엌 모닥불에는 홍합 껍데기같이 까만

솥이 올려 있습니다. 무엇을 만드셨는지 맛있는 냄새도 났습니다. 잠잘 곳에는 이불이 깔려 있고, 벽에 기댄 나뭇가지엔 옷도 걸려 있습니다.

"자, 어서 먹으렴."

로하가 두리번거리고 있을 때, 할머니가 음식이 담긴 접시를 건넸습니다. 살짝 맛보니, 너무나 맛있습니다. 엄마가 할머니께서 음식을 잘한다고 하신 게 사실 같았습니다. 로하는 허겁지겁 밥을 먹었습니다. 금방 접시가 깨끗해졌습니다.

"배가 많이 고팠구나."

할머니가 접시에 밥과 반찬, 고기를 더 담아주었습니다.

로하는 그제야 할아버지 얼굴을 가만히 보았습니다. 주름이 많았지만, 인자하고 푸근한 모습이었습니다. 문득 '시몽 할아버지는 우리 마을의 자랑이야'라는 말이, 무엇 때문인지 궁금했습니다.

"할아버지. 아까 청년이 할아버지께서 이 마을의 자랑이라고 하던데, 이유가 뭐죠?"

"글쎄. 나도 모르겠구나. 괜히 하는 말이지."

할아버지는 빙긋이 웃으며 밥을 한술 뜰 뿐이었습니다.

4. 바오바브나무와의 만남

밥을 배불리 먹은 로하는 기절하듯 잠이 들었습니다. 잠 속에서 엄마와 브누아를 보았고, 낯선 풍경을 되새겼습니다. 모두 아련한 순간이었습니다.

얼마나 잤을까. 햇살이 안고 온 잘랑한 울림에 부스스 일어나 방에서 나가니, 할아버지가 반겨 주었습니다.

"잘 잤느냐?"

"네, 할아버지."

"늦잠을 잔 걸 보니, 피곤했나 보구나. 밖에 세숫물 가져다 놓았다."

실룩이는 눈썹에, 이마에 난 굵은 주름이 지렁이처럼 꿈틀거렸습니다.

로하는 밖으로 나와 어푸어푸 얼굴을 씻었습니다. 세숫물에 갇혀 있던 파란 하늘과 흰 구름도 출렁거립니다. 너울대던 잠이 선득함에 확 달아납니다.

산들바람이 얼굴의 물기를 말려줍니다. 어젯밤과 다른 풍경이 이채롭습니다. 풍경을 보고 있는데, 로하를 데려다준 청년이 찾아왔습니다.

"시몽 할아버지."

"어제 고맙다는 인사도 제대로 못 했네, 그려."

"아닙니다. 들에 갔다 오다가 우연히 로하를 만난 걸요. 의논드릴 게 있어서 왔어요."

"그래, 무슨 일인가?"

"조금 있으면 관광객이 올 텐데, 팔 것이 마땅치 않아서요. 바오바브나무 열매나 주스는 별로 인기가 없고…."

"우리에겐 바오바브나무가 있지 않은가?"

"바오바브나무요? 저 큰 나무를 누가 사요."

"내가 오래전부터 준비한 게 있다네. 이리 와 보게."

할아버지는 청년을 데리고 뒤란으로 갔습니다. 그곳에는 바오바브나무 모양의 조각품이 곳곳에 널려 있었습니다.

"이것들을 보시게."

할아버지가 완성품 하나를 들어 보였습니다.

"멋지네요. 관광객에게 팔면 좋겠어요."

"그럼 됐네. 해가 좀 진 후에 공터로 사람을 모으게. 내가 만드는 걸 가르쳐 줄 테니."

"네, 할아버지. 그런데 이 조각품에 이름이 있나요?"

"있지. '아보르 바오바브'라네. '관광객을 맞는 바오바브나무'라는 뜻이지."

"좋은 이름이네요. 인기를 끌겠어요."

청년은 신이 났습니다.

쨍쨍하던 해가 조금씩 기울어가자, 마을 사람이 하나둘 공터에 모여들었습니다. 할아버지는 직접 만든 아보르 바오바브를 들고 사람들 앞에 섰습니다.

"할아버지 그게 뭐예요?"

"아보르 바오바브예요. 곧 관광객이 올 거니, 그때 팔면 어떨까 하는데요."

"좋네요. 그런데 우리도 만들 수 있나요?"
"제가 가르쳐 줄게요. 좋은 '팔리산드리나무'로 만들어야 해요. 전 나무를 찾느라 시행착오를 겪었지만, 여러분은 하루면 만들 수 있을 겁니다."

할아버지는 곧바로 사람들에게 아보르 바오바브나무 만드는 법을 가르쳤습니다. 팔리산드리나무를 알맞은 길이로 자르고 조각칼로 속을 파내 바오바브나무 모양을 만들었습니다. 그러고는 사포로 잘 문질렀습니다. 드디어 물결무늬가 드러나며 아보르 바오바브나무가 완성되었습니다.

"할아버지, 이거 보세요. 저도 아보르 바오바브나무를 만들었어요."

청년이 할아버지께 아보르 바오바

브나무를 보여주었습니다.

"잘 만들었네. 이제 니스를 칠해서 그늘에 말리면 되겠네. 예쁘게 나와야 하니, 서너 번 반복해야 하네."

할아버지의 말에 사람들은 열심히 니스 칠을 했습니다.

"역시 시몽 할아버지야, 이름처럼 지혜로우셔."

"그러니 우리 마을의 자랑이지."

사람들은 모두 할아버지를 칭찬했습니다.

해가 먼 들녘으로 지려 할 때, 할아버지는 로하를 데리고 바오바브나무가 있는 거리로 갔습니다. 그곳에는 이미 많은 관광객이 모여 있었습니다.

"할아버지. 저 큰 나무들 이름이 뭐예요?"

"바오바브나무란다. 저길 보거라. 노을이 지기 시작하는구나."

할아버지가 노을이 지는 먼 하늘을 가리켰습니다. 지나가던 새가 깃에 노을을 담뿍 묻혀 흩뿌릴 때마다 하늘과 구름이 붉게 물들다가 주홍빛으로 옅어졌습니다. 그렇게 모든 것을 물들인 노을은 바오바브나무가 있는 곳에서 색동옷을 벗고 어둠이 되어갔습니다. 황홀한 풍경에 젖은 로하는 노을이 사라진 것이 아쉬워 멍하니 서 있었습니다.

"아름답지? 매번 봐도 감동스럽구나."

"네, 정말 아름다워요. 바오바브나무에게 가 봐도 돼요?"

"그럼, 같이 가 보자꾸나."

로하는 연못을 돌아서 바오바브나무에게 다가갔습니다.

"할아버지, 바오바브나무는 왜 이렇게 커요?"

"수천 년을 살아왔기 때문이지."

"나무가 어떻게 그렇게 오래 살아요?"

"다른 나무들과 달리 바오바브는 속이 텅 비어 있거든."

"참 신기하네요. 속이 텅 비어 있다니."

"그것이 바로 바오바브나무의 지혜지."

로하는 바오바브나무를 올려다보았습니다. 하늘을 떠받치듯 뻗은 나뭇가지가 너무나 신비스러워 넋을 잃고 마냥 바라보았습니다.

"이렇게 큰 나무가 있었다니…."

"바오바브나무가 우리나라 말인 마라가시어로 무엇인 줄 아느냐?"

"글쎄요."

"숲의 어머니라고 한단다."

"숲의 어머니? 그래서 이렇게 크군요…. 길을 따라 늘어선 저 바오바브나무 좀 보세요. 꼭 누군가를 기다리고 있는 것 같아요."

할아버지가 길을 따라 늘어선 바오바브나무를 바라보았습니다.

"네 말이 맞구나. 저렇게 서서 기다리고 있으니, 세계 사람들이 몰려오는 게지. 바오바브나무는 우리 마다가스카르 사람들에게는 정말 소중한 존재란다. 몸통에 물을 가득 저장해서 가뭄에도 농사를 지을 수 있게 도와준단다. 또 꽃과 열매는 약으로도 쓰고 특산물로 팔기도 한단다."

"꽃도 피고 열매도 맺는군요."

"그럼. 열매가 열리려면 17년 이상의 긴 세월이 걸리지만, 아주 맛이 있지. 예전에는 바오바브나무가 우체통으로도 쓰였다는구나."

"바오바브는 참 고마운 나무네요."

로하는 바오바브나무를 어루만졌습니다. 누군가 나무에 새겨 놓은 글들이, 어둠을 불러와 바오바브나무를 포근히 감싸 주었습니다. 자신의 모든 것을 아낌없이 주는 바오바브나무가 친근하게 느껴졌습니다.

5. 펠레나

마을 사람들이 만든 아보르 바오바브나무는 관광객에게 인기가 많았습니다.

많이 만들어도 다음 날이면 금세 다 팔려 버렸고 미처 못 산 관광객은 아쉬워했습니다. 할아버지는 아보르 바오바브나무를 더 만들려고 아랫마을 사람들을 데리고 왔습니다. 그중 한 농부는 아보르 바오바브나무를 유난히 예쁘게 만들었습니다.

"자넨 솜씨가 참 좋구먼."

"하하, 전 나무로 조각하길 좋아해서, 농기구도 만들어 쓰는걸요."

"어쩐지 손재주가 남다르다 했네. 이제부터 이 일은 자네가 도맡아서 하게."

"아니에요. 할아버지가 하시는 일을 제가 어떻게…."

"난 곧 파마디하나[6] 일을 도와야 해서 시간이 없을 거네. 잘 만들어서 우리 마을의 명물이 되게 해보게."

"알겠어요, 열심히 해볼게요."

농부는 해맑은 미소로 할아버지에게 말했습니다. 아보르 바오바브나무 덕분에 사람들의 형편이 조금씩 나아졌습니다.

"아보르 바오바브나무 인기가 더 많아졌으면 좋겠어요."

"그래야지. 다들 열심히 하니."

로하는 거친 할아버지의 손을 어루만졌습니다. 따스한 손이 자랑스럽게 느껴졌습니다.

얼마 후, 할아버지는 파마디하나 일로 바빠지기 시작했습니다. 로하도 할아버지를 따라다녔습니다. 형편이 좋은 사람은 매년 파마디하나를 할 수 있었지만, 가난한 사람은 몇 년 만에 하는 것이었습니다. 할아버지는 그들을 위해 친한 악단과 음식을 마련하고

---

[6] 파마디하나: 마다가스카르의 장례 풍습으로 시신을 싸는 천을 정기적으로 갈아주어 조상을 위로하는 일.

좋은 천도 준비했습니다. 진지한 사람들의 모습에는 사랑하는 사람을 향한 그리움이 오롯이 담겨 있었습니다.

"자, 이거 먹어. 비오바브나무 열매 속에 있는 씨앗이야."
로하는 엉겁결에 소녀가 준 씨앗을 받았습니다.
"왜 내게 이걸 줘?"
"시몽 할아버지의 손자니까. 그리고 먹을 건 나눠 먹는 거야."
그런데 소녀의 왼쪽 팔은 팔꿈치 아랫부분이 없었습니다. 로하는 애써 모르는 척했습니다.
소녀가 바오바브 씨앗을 깨물자, '아작' 하고 소리가 났습니다. 로하도 소녀를 따라 했습니다. 시고 떫었지만, 고소함이 느껴졌습니다.
"시몽 할아버지 아니었으면, 우리 엄마는 아직도 먼 도시까지 물건을 팔러 다녔을 거야. 고마워."
"고맙긴. 난 아무것도 안 했는걸."
"시몽 할아버지는 원래 마올라 마을에서 사셨는데, 우리 마을에 볼일이 있어 잠시 오셨다가 바오바브나무를 보셨어. 그래서 언젠가 네가 오면 바오바브나무를 보여주고 싶다면서 이 마을

로 이사 오셨어. 그러니 네 덕분이지."

로하는 가만히 웃으며 고개를 끄덕였습니다.

"내 왼쪽 팔이 이상하지? 난 이렇게 태어났어."

소녀가 묻지도 않았는데 말해 주었습니다.

"그래도 난 기뻐. 오른쪽 팔이 튼튼해서 엄마를 도와 동생들을 보살필 수 있으니까."

로하는 아무 말 안 하고 빙그레 웃어 주었습니다.

"어, 벌써 해가 지네. 동생들이 올 시간이야. 집에 가야 해. 내일 보자."

소녀는 단발머리를 팔랑이며 멀어져갔습니다. 로하는 소녀가 바오바브나무에 가려 보이지 않을 때까지 하염없이 바라보았습니다. 씩씩한 소녀가 바오바브나무처럼 크게 보였습니다.

"어디 갔다가 이제 오느냐?"

문으로 들어서니, 할머니가 채소를 다듬고 있었습니다.

"공터에서 친구들과 놀았어요. 그런데 할아버지는 어디 가셨어요? 하루 종일 안 보이시던데."

"파마디하나를 하러 가셨겠지."

마침 할아버지가 들어왔습니다. 할아버지 손에는 고기가 들려 있었습니다.

"에이, 할아버지! 혼자 파마디하나에 가셨죠? 저를 데리고 간다고 하시고선."

"허허, 깜빡 잊어버렸네. 이번 파마디하나는 특별했단다. 어린 소녀에게 엄마를 만나게 해 주었으니까. 소녀가 울어서 마음이 아팠지만, 끝나고 난 뒤에는 환하게 웃어서 좋았단다."

"다행이네요. 그리움이 기쁨이 되었군요."

"그런 셈이지. 이제 파마디하나도 거의 끝나가니, 새로운 일거리를 찾아봐야겠어."

할아버지가 바지에 묻은 흙을 툭툭 털어냈습니다. 소녀의 이야기를 듣자, 로하는 문득 엄마가 생각났습니다. 지금쯤 엄마는 열심히 조개껍질 목걸이를 팔고 있을 것입니다.

밥을 다 먹었을 때, 누가 로하를 불렀습니다.

"펠레나가 왔구나. 밥은 먹었느냐?"

"네, 할아버지. 그동안 잘 계셨어요?"

"오냐, 로하야! 나와 보렴. 펠레나가 왔구나."

할아버지가 큰 소리로 로하를 불렀습니다.

"펠레나요? 그게 누군데요?"

로하는 고개를 갸우뚱했습니다. 가림막을 걷고 나오니, 어제 만난 소녀가 서 있었습니다.

"넌?"

"내가 펠레나야. 이름을 안 가르쳐 줬네. 밥 다 먹었으면 놀러 가자. 아이들이 널 기다리고 있어."

펠레나가 로하의 손을 덥석 잡았습니다.

아이들이 바오바브나무 아래 모여 있었습니다.

"얘들아, 인사해. 시몽 할아버지 손자, 로하야."

"안녕. 로하, 반가워."

"나도 반가워. 그런데 여기서 무얼 하고 있어?"

"바오바브나무 돌기 놀이를 하고 있었어."

"어떻게 하는 건데?"

"손잡고 바오바브나무를 돌면서 노래 부르는 거야. 잘하면 바오바브나무가 가끔 선물을 줘."

"무슨 선물인데?"

"그건 저절로 알게 돼."

로하가 궁금해하자, 펠레나가 씩 웃었습니다. 아이들은 손을 잡고 바오바브나무를 돌며 노래를 불렀습니다. 노래는 바람을 타고 흩어지며 나뭇잎을 하롱하롱 흔들었습니다.

그때였습니다. 도톰한 나뭇잎 하나가 벨 누르듯 콧등처럼 생긴 곳을 누르자, 긴 잠을 자고 있던 바오바브나무가 천천히 눈을 뜨며 내려다보았습니다. 노래를 부르는 아이들은 너무나 행복해 보였습니다.

바오바브나무는 아이들에게 가지 끝에 달린 열매를 땅으로 툭 떨어뜨렸습니다.

"와아! 바오바브나무가 우리에게 선물을 주었어."

펠레나가 얼른 열매를 주었습니다. 아이들은 열매를 깨서 나누어 먹었습니다. 순간 무슨 소리가 들린 듯했습니다.

"무슨 소리 못 들었니?"

로하가 펠레나를 보며 말했습니다.

"아무 소리 못 들었는데? 바람 소리겠지."

펠레나는 바오바브나무 열매를 먹느라 바빴습니다.

"너희도 못 들었니?"

로하가 아이들을 둘러보며 다시 물었습니다.

"글쎄."
"염소 울음소리겠지."
"그럴까? 아닌 것 같은데…."
로하는 연신 고개를 갸웃거렸습니다.

6. 떠돌이 개

"할아버지, 이거 아빠가 아기를 안은 엄마를 흐뭇하게 바라보는 모습을 조각한 거죠?"
"그래, 가족의 모습이란다. 어때, 좋지?"
"네, 관광객들이 흥미로워하겠어요."
"앞으로 가족을 여러 모습으로 만들어 볼 테니, 기대하렴."
할아버지가 어깨를 으쓱했습니다.

로하는 바오바브나무 아래로 가 보았습니다. 아이들은 어디에서 노는지, 한 명도 보이지 않았습니다.

로하가 올려다보자, 바오바브나무가 내려다보았습니다. 순간 눈이 마주치자, 바오바브나무가 눈을 꼭 감아 버렸습니다. 로하는 이상한 느낌에 한동안 바오바브나무를 올려다보다가 아보르 바오바브나무를 파는 곳으로 가 보았습니다. 관광객 사이를 기웃거리고 있는데, 한 아주머니가 로하를 불렀습니다.

"로하야, 누굴 찾니?"

아주머니는 로하를 아는 듯 이름을 불렀습니다.

"아이들이요."

"저 집에 가 봐. 거기에 있을 거야."

아주머니가 나무 사이에 가려져 있는 집을 가리켰습니다. 집에 가니, 동네 아이들과 펠레나의 동생들이 마당 나무 밑 그늘에서 놀고 있었습니다.

"어? 어떻게 여길 알고 온 거니?"

펠레나가 소똥 말린 것을 헛간으로 옮기다가 로하를 반겼습니다.

"아보르 바오바브나무를 파는 곳에 갔는데, 어떤 아주머니가 가르쳐 주었어."

"그 사람이 우리 엄마야, 늘 할아버지와 너를 고맙게 생각해."

"그래서 대번에 날 알아봤구나."

"그럼. 내가 여러 번 말했거든."

그제야 로하는 아주머니가 자신을 안 이유를 알았습니다.

"힘들지? 도와줄까?"

"아니, 늘 하는 일인 걸. 빨리 끝내고 염소 데리러 가야 해."

펠레나의 손놀림이 빨라졌습니다. 마당 가득 널려 있던 소똥이 차곡차곡 쌓여 헛간으로 옮겨졌습니다. 잘 마른 것들이었습니다.

"와아! 소똥이 헛간에 가득하네."

"아직 부족해. 많이 말려두어야 음식 할 때 땔감으로 쓰거든."

엄마라면 나보다 더 잘 말리셨을 텐데…."

"아니야, 너도 잘 말려."

"그런가? 그래도 왼쪽 팔이 많이 도와줘서 다행이야. 아니면 힘들 거야."

펠레나가 오른손으로 왼팔을 어루만졌습니다.

"이제 염소 데리러 가야겠어."

펠레나는 소똥 정리를 끝내고 염소가 있는 들판으로 향했습니다. 로하도 따라갔습니다. 논에는 농부들이 가을걷이하고 있었

고, 들판에는 누들이 보였습니다.
　로하는 흘깃 누를 살폈습니다. 흰 뿔과 긴 갈기, 부리부리한 눈을 가진 누가 금방이라도 머리를 흔들며 달려들 것 같았습니다.
　"겁먹지 마. 저 녀석들이 우리를 얕보고 덤빌지 몰라."

펠레나는 침착하게 행동했습니다.

염소를 데리고 언덕을 넘어오는데, 털이 숭숭 빠지고 비쩍 마른 개가 슬금슬금 따라왔습니다.

"저 개가 우릴 따라와."

"떠돌이 개야, 저러다 말겠지."

펠레나가 대수롭지 않게 말했습니다.

하지만 펠레나와 헤어지고 돌아오는 내내 개가 따라왔습니다. 걸음을 멈추면 개도 우뚝 서서 딴청을 부렸습니다. 가만 보니, 개의 배가 바람 빠진 축구공처럼 홀쭉했습니다.

"배고파서 그러니? 집에 먹고 남은 구운 생선이 있는데…."

개가 로하를 빤히 쳐다보다가 자리에 오도카니 앉았습니다.

"그럼, 기다려. 얼른 가서 먹을 걸 가져올게."

로하는 재빨리 집으로 달려가서 구운 생선을 가지고 왔습니다.

"자, 먹어."

로하가 구운 생선을 개 앞에 던졌습니다. 개는 살금살금 다가가 냄새를 맡더니, 허겁지겁 먹었습니다.

"배가 고팠구나."

로하는 개가 불쌍했습니다. 개는 구운 생선을 다 먹고 홀연히 떠났고, 한동안 보이지 않았습니다. 궁금해서 찾아다녀도 보았지만, 헛수고였습니다.

그러던 어느 날이었습니다. 아이들과 공터에서 놀고 있는데, 풀숲에서 개가 불쑥 나타났습니다. 처음 보았을 때보다 활기찬 모습이었습니다.

"너구나! 줄 거 남겨놨어. 기다려. 금방 갖고 올게."

개가 또다시 로하를 졸래졸래 따라왔습니다. 로하는 얼른 집으로 들어가서 고기를 가지고 나왔습니다. 개가 맛있게 먹었습니다.

"이젠 어디 가지 마. 여기 같이 있자."

개가 알았다는 듯 꼬리를 살래살래 흔들었습니다. 그때 등 뒤에서 할머니 목소리가 들렸습니다.

"웬 개냐? 떠돌이 같은데…."

"맞아요. 자꾸만 따라오기에 배가 고파 그러나 싶어 먹을 것을 준 적이 있어요. 오늘 다시 만났는데, 또 따라오네요."

"네가 마음에 들었나 보구나. 잘 사귀어 보거라. 좋은 친구가 될 거니."

"네, 할머니."

로하가 미소를 지었습니다.

탁탁탁! 할아버지가 그늘에 앉아 무언가를 만듭니다. 기둥과 벽을 만들고 지붕을 얹으니, 그럴듯한 개집이 됩니다. 바닥에 이불도 깔아줍니다. 개도 기웃거리며 관심을 보입니다.

"처음이라 어색할 거야. 제 집을 가져 본 적이 없으니."

"먹을 걸 넣어 주면, 곧 익숙해질 거예요."

"그거 좋은 생각이구나."

할아버지가 고개를 끄떡였습니다. 로하가 먹을 걸 넣어주니,

정말 개가 눈치를 보며 집안으로 슬그머니 들어갔습니다. 개는 조금씩 집에 익숙해졌고, 언젠가부터 잠도 잤습니다.

"집에 금방 적응하는구나."

"그러게요. 적응 못 하면 어쩌나 했는데."

"네 마음을 저 녀석도 아는 것이지. 더 이상 떠돌지 말고, 이곳에서 행복하게 살았으면 좋겠구나."

"그럴 거예요."

로하가 개를 쓰다듬으며 말했습니다.

개는 로하를 그림자처럼 따라다녔습니다. 누들이 머리를 흔들며 어슬렁거리면 컹컹 짖어서 쫓아 버렸습니다.

로하는 자주 개와 바오바브나무가 늘어선 길을 나란히 걸었습니다. 바오바브나무도 서로를 믿고 의지하는 둘의 모습을 기쁘게 바라보았습니다. 때론 몰래 나뭇잎을 흔들어 주었고, 새도 불러와 노래도 들려주었습니다.

노을이 단풍처럼 예쁘게 지는 어느 저녁, 로하는 개를 데리고 언덕에 올라갔습니다.

"저길 봐, 노을이 참 아름답다!"
로하의 말에 개가 꼬리를 살랑거렸습니다.
꼬리에 맺힌 노을이 파도가 되어 넘실넘실 퍼져나갑니다. 로하와 개도 이내 금빛으로 물들었습니다. 마을에선 아이들의 노랫소리가 들리고, 밥 짓는 연기도 뭉게뭉게 피어오릅니다.
"집에 가자. 할아버지께서 기다리시겠다."
로하가 언덕을 내려가니, 개가 졸래졸래 따릅니다.

7. 개, 뱀에게 물리다

관광객이 뜸해지면 마을 사람들은 바오바브나무 거리를 청소하고 미뤄 둔 농사일을 했습니다. 떨어진 나뭇잎을 비로 깨끗이 쓸고 밭의 풀도 뽑고 채소도 솎았습니다. 잠깐의 일로 거리가 깨끗해졌고 밭도 정갈해졌습니다.

일을 끝내면 사람들은 할아버지와 같이 아보르 바오바브나무를 만들었습니다.

로하는 자기가 만든 아보르 바오바브나무를 가지고 할아버지께 갔습니다.

"할아버지, 엄마가 아기를 업은 모습을 만들어 보았어요."

"오! 아주 멋지구나. 관광객이 신기해하겠는걸."

"그래요? 그럼, 더 만들어야겠네요."

"그러렴."

할아버지가 흐뭇한 표정을 지었습니다. 로하도 신이 났습니다.

로하는 할아버지를 거들어 주는 일을 마치고 개집을 흘끗 보았습니다. 개는 잠을 자느라 정신이 없었습니다.

"녀석, 깊이 잠들었네. 혼자 놀러 가야지."

로하가 돌아서서 살금살금 걸어가는데, 개가 벌떡 일어났습니다.

"잠귀도 밝네! 나 혼자 놀러 가려고 했는데…. 공터까지 누가 먼저 가나 달리기 시합할까? '셋!' 하면 출발하는 거다. 하나, 두울, 셋!"

로하가 먼저 뛰어나갔지만, 개가 금방 앞질러서 공터에 가 닿습니다.

"휴우, 숨차. 이겼다고 좋아하지 마. 넌 다리가 네 개잖아."

꼬리치는 개에게 로하가 면박을 줍니다. 공터에서 아이들이 축구하고 있습니다.

"로하야, 어서 와."

펠레나가 로하를 보고 손짓합니다. 로하가 참여하자, 환호성이 더욱 커집니다. 개도 로하를 따라 뛰어다닙니다. 공이 하늘 높이 솟구치기도 하고, 통통 튀기도 합니다. 흙먼지가 일고, 땅에 작은 발자국이 어지럽게 찍힙니다. 아이들이 놓친 공이 쪼르르 굴러가자, 펠레나가 달려가서 얼른 잡습니다.

"로하야, 받아."

펠레나가 로하 쪽으로 공을 찹니다. 하지만 공은 도르르 굴러가다가 다른 아이의 발에 튕겨 그만 풀숲으로 들어가 버립니다.

로하가 공을 찾으러 풀 속에 들어갑니다. 이곳저곳을 살피다 가시덩굴이 뒤엉킨 곳을 헤집을 때였습니다. 함초롬한 풀 숲속에 동그랗게 똬리를 틀고 있던 뱀이 혀를 날름거리며 로하에게 다가왔습니다.

"뱀, 뱀이다!"

로하가 놀라서 소리치자, 개가 급히 달려왔습니다. 개는 컹컹! 짖으며 뱀을 떼어내려고 했지만, 고개를 쳐들고 로하를 물려고 했습니다. 개가 앞발로 몸통을 꽉 누르자, 뱀이 뒷발을 물었습니다. 둘의 힘겨루기는 한 치의 양보도 없었습니다. 팽팽하던 긴장은 개가 뱀을 물고 마구 흔들었을 때, 끝이 났습니다. 뱀은 곧 축 늘어졌습니다. 하지만 개도 신음하며 땅바닥에 쓰러졌습니다.

"로하야, 괜찮니?"

아이들이 달려와서 로하를 살폈습니다.

"개, 개가 뱀에게 물렸어."

로하가 울먹였습니다.

"뱀이 문 곳 위쪽을 묶어."

페레나가 옷을 찢어서 로하에게 주었습니다. 다리를 묶는데, 개가 고통스러운 듯 몸을 부르르 떨었습니다.

"빨리 할아버지께 데려가야 해."

펠레나의 말에 로하가 개를 안고 뛰었습니다. 숨이 차고 무거워 팔이 아파도 개를 위해 꾹 참았습니다.

"할아버지, 할아버지."

집에 도착하기 무섭게 할아버지를 애타게 불렀습니다.

"무슨 일이냐? 개가 왜…."

"뱀에게 물렸어요. 나 때문이에요."

로하는 울음을 터뜨렸습니다.

"어디 보자!"

할아버지가 천을 풀고 상처를 자세히 살폈습니다.

"독이 있는 뱀에게 물린 것 같구나. 개를 꽉 잡거라. 물린 곳을 칼로 째 피를 짜내야겠다."

할아버지는 망설임 없이 칼로 상처 주위를 쨌습니다. 검은 피가 뚝뚝! 흘러내리자, 개가 다리를 떨며 버둥거렸습니다.

"할아버지, 괜찮겠죠?"

"글쎄다, 다리를 묶어 독은 몸으로 퍼지지는 않은 것 같은데.

그래도 두고 봐야 할 것 같구나. 강한 녀석이니, 견뎌내겠지."

핏발이 선 개의 눈에는 두려움이 가득했습니다. 로하는 눈물을 닦아 주고, 뱀에게 물린 발도 어루만져 주었습니다.

"괜찮아, 곧 나을 거야."

로하는 개의 귀에 대고 간절하게 말했습니다.

깊은 밤, 로하는 자리에서 일어나 개에게 가 보았습니다. 개는 축 늘어진 채 숨을 헐떡이고 있었습니다. 몸은 뜨거웠고, 촉촉하던 코도 하얗게 말랐습니다.

"죽지 마. 죽으면 안 돼."

개를 부둥켜안고 흐느끼던 로하는 벌떡 일어나 바오바브나무에게 달려갔습니다.

"바오바브나무야, 개를 살려 줘. 소원이야. 저 개는 아무 잘못이 없어."

로하의 뜨거운 눈물이 바오바브나무의 발등에 떨어졌습니다. 바오바브나무가 눈을 떠 우는 로하를 내려다보았습니다.

"며칠 지나면 괜찮아질 거야."

무슨 소리가 들리자, 로하는 흠칫 놀라서 뒤로 물러섰습니다.

"누, 누구니?"

"나, 바오바브나무."

"나무가 어떻게 말을…."

"사람들의 말을 듣고 배웠지. 내 말은 너만 들을 수 있어. 뜨거운 눈물이 너와 나를 이은 거야."

"개, 개는 정말 괜찮은 거야?"

"그래, 개에겐 아직 시간이 남아 있어."

바오바브나무는 로하를 다독였습니다.

개는 바오바브나무의 말처럼 조금씩 좋아졌습니다. 물과 밥을 조금씩 먹기 시작하더니, 마침내 일어나서 절뚝이며 걸었습니다. 두려움에 떨던 눈도 편안해졌고, 하얗게 말랐던 코에 윤기가 반질거렸습니다.

"이렇게 빨리 낫다니. 네 정성이 개를 살린 것 같구나."

할머니가 개를 보며 기특해했습니다.

"아니에요, 저 아니었으면 개는 뱀에게 물리지 않았을 거예요. 할머니, 개가 맛있게 먹을 수 있는 것 좀 만들어 주세요."

로하는 개가 나은 것이 기뻐서 더 살뜰히 보살펴 주었습니다.

개도 로하를 잘 따랐습니다. 어느새 둘은 하나가 되어갔습니다.

할아버지와 할머니, 로하가 밥을 먹고 있는데 개가 밖에서 빠끔히 들여다보았습니다.

"너도 먹고 싶니? 이리 와 같이 먹자."

로하가 개를 불렀지만, 쭈뼛거릴 뿐이었습니다. 이번엔 할머니가 고기를 내밀며 말했습니다.

"이리 오너라. 너도 가족이잖니."

그제야 개는 귀를 뒤로 눕히고 머리를 숙인 채 집으로 들어와 고기를 맛있게 먹었습니다. 비로소 자신도 이 집의 가족임을 느끼는 순간이었습니다.

8. 강물에 떠내려간 새 신발

"더 먹어. 그래야 빨리 낫지."

로하가 개를 쓰다듬습니다.

"뱀에게 물린 발이 빨리 나아야 할 텐데…."

일어서는 로하를 따라 개도 몸을 일으킵니다.

"안 돼, 넌 아직 덜 나았어. 네 집에서 쉬고 있으렴."

개가 따라오려고 하자, 개집을 가리킵니다. 그래도 자꾸만 따라오자, 로하는 난처해합니다.

"아직 안 돼. 상처가 덧나면 어쩌려고? 다 나으면 놀자. 으응?"

로하를 보는 개의 눈빛이 애처롭습니다. 그때 로하의 눈에 울타리 옆에 있는 작은 수레가 들어옵니다.

'저기 태우면 되겠다.'

로하는 얼른 수레를 끌고 와서 개를 태웁니다. 개는 어리둥절해서 몸을 움츠렸습니다.

"중심 잘 잡아, 넘어지면 안 돼."

로하는 수레를 끌고 집을 나섭니다. 돌부리에 걸려 수레가 '덜컹!' 흔들리면 개도 휘청합니다. 꼭 다문 입엔 긴장감이 흐릅니다. 저 멀리 바오바브나무가 보입니다. 로하는 부지런히 그쪽으로 수레를 몹니다.

"고마워, 바오바브나무야. 개가 나았어. 네 덕분이야."

"내가 뭘 했다고. 너의 정성이 살린 거지. 열매 줄 테니, 개에게 주렴. 약효가 있을 거야."

바오바브나무는 타조알같이 큰 열매 하나를 툭! 떨어뜨렸습니다.

"너 누구랑 말하는 거니?"

언제 왔는지 등 뒤에서 펠레나가 말을 겁니다.

"아, 아니. 개, 개랑 이야기했어."

"하하하, 엉뚱하긴. 개가 어떻게 말을 알아듣는다고. 참 대단

해. 주인을 지키려고 대신 뱀에게 물리다니….”
"그러게, 난 별로 해 준 게 없는데….”
로하는 공연히 개에게 미안한 마음이 들었습니다.

"할아버지 제 신발 못 보셨어요?”
"할머니가 빨아서 울타리에 널어놓으셨다. 밖에 나가려고 그러니?”
"네.”
"새 신발 신으렴.”
"그건 엄마가 사 주신 거라 아껴야 하는데….”
"발이 커지면 못 신게 돼. 그러니 아끼지 말고 신어라.”
로하는 잠시 망설이다 가방 안에서 새 신발을 꺼내 옵니다. 새 신발을 신고 한 발 한 발 내디디니, 포근한 감촉이 오롯이 느껴집니다. 어색함에 발을 쿵쿵! 디뎌 보기도 합니다. 개도 새 신발을 보고 좋아서 껑충껑충 뛰어오르며 바지에 발자국을 찍습니다.
"녀석, 이젠 다 나았나 보네.”
혀를 길게 내민 채 헉헉대는 개를 보며 로하가 싱긋 웃습니다.
"참 다행이야. 잘 나아서.”

할아버지도 한마디 거듭니다. 로하와 할아버지가 개를 보며 시간을 보내고 있는데, 아이들이 찾아왔습니다.

"로하야, 마수가누하러 가자."
"마수가누? 얼굴에 진흙 바르는 거?"
"응."
"마수가누하려면 강에 가야 하는데."
새 신발을 신고 나가려니, 아까운 마음이 듭니다.
"조금 있다 가자. 할머니가 빤 신발이 다 마르면."
"그 신발 신고 가면 되지."
"이건 새 신발이라서."
"그냥 신고 가거라. 건기라 더러워지지 않을 테니, 강물도 적당해서 마수가누한 후에 씻기도 좋을 거다."
할아버지가 머뭇거리는 로하를 안심시킵니다. 로하는 하는 수 없이 새 신발을 신고 아이들과 진흙이 있는 곳으로 갔습니다. 개가 앞서가다가 아이들이 안 오면 힐끔힐끔 뒤를 돌아보았습니다. 바오바브나무 거리에선 동생들과 있는 펠레나도 만났습니다. 로하와 아이들은 신나게 마수가누를 했습니다. 얼굴은 물론 팔과

다리, 머리에도 했습니다.

　마수가누한 곳을 햇살에 말린 아이들이 강으로 향했습니다. 따가운 햇살에 땀이 나면, 그늘에서 쉬기도 했습니다. 비가 안 온 지 오래되어서 신발도 더러워지지 않았습니다. 큰길에서 벗어나서 좁다란 오솔길을 따라 강에 이르자, 아이들이 환호성을 지르며 뛰어들었습니다.

　마수가누한 곳을 씻으며 물장난도 치고 예쁜 조약돌도 찾아서 가지고 놀았습니다. 물고기도 잡았습니다. 놀다가 지치면 따듯한 바위에 누워 햇살에 몸을 말렸습니다. 하늘엔 흰 뭉게구름이 한가로이 흘러갔고 강바람은 뺨을 스치며 지나갔습니다. 로하는 몸이 나른해지자, 그만 깜빡 잠이 들었습니다. 그때 누가 소리쳤습니다.

　"어, 저 신발 누구 거지?"

　아이가 강물에 떠내려가는 신발을 가리켰습니다.

　"로하의 신발이다!"

　로하가 벌떡 일어났습니다. 돌 위에 벗어 둔 신발 한 짝이 강물에 떠내려가고 있었습니다.

　"아, 안 돼. 엄마가 어렵게 사 준 신발이야."

로하가 재빨리 강물에 뛰어들어 헤엄쳐 갔지만, 어느새 신발은 보이지 않았습니다. 로하는 강물만 하염없이 보았습니다. 아이들도 시무룩해졌습니다. 싱숭생숭한 마음으로 돌아오는 길, 신발 없는 왼발이 무겁고 슬프게 느껴졌습니다. 그리고 엄마에게 너무나도 미안했습니다.

"표정이 왜 그러느냐?"

터덜터덜 들어오는 로하에게 할머니가 묻습니다.

"신발을 강물에 떠내려 보냈어요."

"어이구, 속상하겠구나. 잊어 버리렴. 신발은 다시 사면 돼."

"…."

"그런데 개는 왜 안 보이느냐?"

"글쎄요. 강에선 있었는데…."

로하는 퉁명스럽게 말하고는 방으로 들어가 버렸습니다. 개는 다음 날도, 그다음 날도 돌아오지 않았습니다. 할아버지와 함께 개가 있을 만한 호숫가나 강가에 다녀보았지만, 어디에도 없었습니다.

"이제 안 오려나 봐요. 기다리는 마음도 모르는 나쁜 녀석."

로하가 투덜거리며 돌멩이를 발로 걷어찼습니다. 돌멩이는 로하의 화난 마음을 안고 데구루루 굴러서 개 집 앞으로 가서 멈췄습니다. 주인 없는 개집이 쓸쓸하게 보입니다.

9. 바보, 바보

기다림이 그리움이 되고 다시 실망으로 바뀔 즈음, 안개 낀 바오바브나무 거리로 입에 신발을 문 개가 걸어오고 있었습니다. 홀쭉한 배와 퀭한 눈, 얼굴과 몸에 난 상처, 곳곳에 붙은 피딱지가 그동안 겪었을 일을 대신 말해 주고 있었습니다. 휘우뚱 걷는 걸음이 늦가을 나뭇잎의 떨림 같습니다.

모여든 사람들이 개를 보고 한마디씩 했습니다.

"개, 개가 왔어. 한동안 보이지 않더니…. 그런데 저 신발은 누구 거지?"

"새 신발 같은데, 시몽 할아버지네 손자 것 아닌가?"

개는 사람들의 수군거림에도 아랑곳없이 할아버지 집으로 향했습니다. 막 집으로 들어섰을 때였습니다. 마당을 쓸고 있던 할아버지가 개를 보고 놀라서 소리쳤습니다.

"돌아왔구나! 안 올 줄 알았는데."

할아버지는 울음을 참으려고 입술을 꽉 깨물었습니다.

"녀석아, 이 꼴이 뭐냐? 신발이 뭐가 그리 중요하다고…."

그때 할아버지의 말을 들은 로하가 방에서 뛰어나왔습니다. 개를 본 로하는 굳은 듯 멈춰 섰습니다. 개가 로하의 곁으로 다가와 신발을 내려놓았습니다.

"신발을 어떻게 찾은 거야? 바보, 바보. 신발은 사면 되는데…."

로하가 울먹이며 끌어안자, 개가 그만 푹 쓰러집니다.

"어서 물 가져와라!"

할아버지가 소리치자, 로하가 얼른 물을 가지고 왔습니다. 개는 간신히 물을 먹었습니다. 아픈 몸과 달리 눈빛은 더없이 맑고 평화로웠습니다.

"힘듦을 견딘 걸 보니, 제 할 일을 다 했다고 생각하는 것 같구나. 정말 영특한 개야."

할아버지가 개의 얼굴을 어루만졌습니다. 개의 눈에 괸 눈물에는 할아버지와 로하가 오롯이 담겨 있습니다. 개는 두 사람을 잊지 않으려는 듯 눈조차 깜빡이지 않았습니다. 할머니가 상처에 약을 발라 주고, 약초 끓인 물을 먹였습니다. 하지만 개의 상태는 점점 나빠졌습니다.

"이거 먹어 봐. 네가 좋아하는 고기야. 빨리 나아서 나랑 놀러 가야지."

로하가 고기를 개의 입에 갖다 대도 꼼짝도 하지 않았습니다.

"할아버지, 어떡하죠? 아무것도 먹지 못해요."

"어쩔 수 없구나. 우리가 할 수 있는 일은 다 했으니, 하늘에 맡기는 수밖에."

할아버지의 얼굴에 짙은 그늘이 내렸습니다.

끙끙 앓는 개를 뒤로 한 채, 로하는 바오바브나무에게 달려갔습니다.

"바오바브나무야, 바오바브나무야."

로하의 부름에 바오바브나무가 대답했습니다.

"왜 그러니? 개가 또 아프니?"

"응. 너도 봤지? 개가 신발을 물고 오는 거. 강물에 떠내려갔던

내 신발이야."

"그랬구나. 개가 물고 있던 신발이 네 것이었구나!"

바오바브나무는 개가 신발을 물고 걸어오던 것을 떠올렸습니다.

"개를 살려 줘. 아직 시간이 남아있다고 했잖아."

"그건…. 이미 지난 일이야. 개도 그것을 알고 온 힘을 다해 신발을 찾아온 거고."

"그래도 방법이 있을 거잖아."

"미안해. 정말 미안해."

"거짓말! 넌 거짓말쟁이야. 수천 년을 살았으니, 죽음의 슬픔도 모르고…. 그러니 이기적이지."

로하가 바오바브나무를 발로 차고 주먹으로 때렸습니다.

"맞아, 그럴지도 모르지. 하지만 나도 자연의 일부야. 자연이 준 생명의 시간은 누구도 바꿀 수 없어."

"흥! 넌 바오바브나무가 아니라 바보 나무야. 아무것도 못 하는 바보야."

로하가 바오바브나무를 향해 마구 소리쳤습니다.

그날 오후, 개는 마지막 숨을 가만히 내쉬고는 스르르 눈을 감았습니다. 너무나 가녀린 숨이어서 개를 안고 있던 로하는 미처 눈치를 채지 못했습니다.

개가 숨을 쉬지 않는 걸 알았을 땐, 이미 살포시 눈이 감긴 뒤였습니다. 로하가 울먹이자, 할머니가 로하를 달랬습니다. 로하의 눈물이 개의 몸에 뚝뚝 떨어졌습니다.

"인제 그만 놓아 주렴. 그래야 녀석도 편안히 쉬지."

"조금만, 조금만 더요."

로하가 개를 한 번 더 꼭 안았습니다. 할머니도 슬픔을 참지 못하고 흐느꼈습니다. 할아버지가 개를 로하의 품에서 떼어내어 수레에 실었습니다. 그리고는 삽과 괭이를 챙겼습니다.

할아버지는 마을이 내려다보이는 언덕으로 올라갔습니다. 펠레나도 그 뒤를 따랐습니다.

주위를 살피던 할머니가 들꽃이 소담스레 피어 있는 아늑한 곳을 가리켰습니다.

"저기 어때요? 마을이 훤히 내려다보여서, 개도 좋아할 것 같아요."

"그렇구려. 넌 어떠냐?"

할아버지가 로하에게 물었습니다.

"저도 좋아요. 우리 집이 보이니…."

로하가 할아버지 집을 바라보며 고개를 끄덕였습니다.

할아버지가 땅을 파기 시작했습니다. 삽이 돌과 흙을 덜어낼 때마다 구덩이는 깊어졌고 적당한 깊이가 되자, 로하가 그곳에 개를 잘 눕혔습니다. 개는 어미 품에 안긴 듯 편안해 보였습니다. 모두 들꽃을 꺾어서 개에게 이불처럼 덮어 주었습니다.

"잘 가. 잊지 않을게."

로하가 개에게 작별 인사를 했습니다. 할아버지가 흙을 던져 넣었습니다. 개는 금세 흙에 덮여 보이지 않았습니다. 흙 이불을 덮은 개는 이제 하늘나라에서 영원히 살 것입니다. 할아버지의 수고에 이윽고 작은 무덤이 완성되었습니다. 로하가 발로 무덤

을 꼭꼭 밟았습니다. 할머니가 캐 둔 들꽃을 무덤 앞에 심자, 펠레나도 거들었습니다. 들꽃이 쓸쓸한 무덤을 환하게 밝혀 주었습니다.

"할머니, 꽃이 개에게 좋은 친구가 되어 주겠죠?"

"그럼, 꽃은 모든 것들을 사랑하니까 개도 사랑해 줄 거야."

할머니가 고개를 끄덕이며 엷게 웃었습니다. 땅을 팔 때 나온 돌을 무덤 뒤에 쌓아두고 돌아서니, 저 멀리 노을이 지고 있었습니다. 노을 속에서 개는 로하와 바오바브나무 길을 걸으며 행복해하고 있었습니다.

10. 나를 안아 봐

"가지 마, 가지 마."

로하가 잠꼬대하며 팔을 휘저었습니다. 이마엔 식은땀이 가득합니다. 할머니가 물수건으로 닦아줍니다. 손으로 이마를 짚어 보니 열도 많이 납니다.

로하는 꼬박 이틀을 앓아누웠습니다. 힘들었는지 입술이 부르트고 얼굴도 꺼칠합니다.

"로하야, 이것 좀 먹어 보렴."

할머니가 아보카도와 바나나를 로하에게 내밉니다. 과일을 좋아하는데도, 입맛이 없어 조금만 먹습니다. 할머니는 할아버지가 연못에서 잡아 온 물고기를 요리해서 로하에게 줍니다. 다행히 로하는 한 마리를 다 먹습니다.

"할아버지, 밖에 좀 나갔다 올게요."

로하가 기운을 차리고 자리에서 일어납니다.

"어딜 가려고? 몸도 성치 않은데."

"이젠 괜찮아요. 멀리 안 갈게요."

로하는 할아버지의 걱정을 뒤로 한 채 밖으로 나왔습니다. 몸살을 앓고 난 뒤라 그런지 현기증이 납니다. 텅 빈 개집을 보니, 죄책감이 몰려옵니다. 신발을 강물에 떠내려 보내지 않았다면, 개는 죽지 않았을 것입니다.

오랜만에 외출해서 그런지, 스치는 바람이 싱그럽게 느껴집니다. 공터로 가자, 공을 차며 놀던 펠레나가 로하를 보고 달려옵니다.

"괜찮니? 얼굴이 창백해 보여."

"괜찮아. 과일도 먹고 생선도 먹었는걸."

"그늘에서 공 차는 거 구경해. 우리 팀 응원도 해 주고."

펠레나가 로하를 데리고 그늘로 갔습니다. 아이들은 웃고 떠들며 공을 차는데, 로하는 하나도 즐겁지 않습니다. 조금 구경하다

일어나서 슬그머니 언덕으로 향했습니다.

개의 무덤 앞에 저번보다 많은 들꽃이 심겨있습니다.

"누가 심었지? 할머니가 또 심으셨나?"

궁금해하고 있는데 등 뒤에서 펠레나가 속삭였습니다.

"내가 심었지."

"어? 언제 왔어. 고마워. 내가 심으려고 했는데."

"우리 때문에 개가 죽은 거야, 마수가누하고 강에만 안 갔어도."

"아니야, 내 잘못이야. 내가 신발을 강물에 떠내려 보내는 바람에…."

로하와 펠레나는 서로 자기를 탓하며 우울해했습니다.

"로하야, 왜 그러고 있니? 친구들과 놀지 않고."

"기분이 안 나서요."

"개가 보고 싶어 그러는구나. 할머니도 개가 보고 싶어. 참 영리한 녀석이었는데…. 너무 자책하지 말거라. 네 탓 아니야."

"하지만 개는 나를 위해 자신의 모든 것을 주었는걸요."

"그게 사랑이란다. 사랑하면 그냥 모든 것을 주게 되지."

"개가 너무 보고 싶어요."
"나도 그렇단다. 그 녀석과 우린 가족이었는데…."
할머니 눈에 눈물이 그렁그렁 맺혔습니다.

로하는 개가 너무나 보고 싶었습니다. 꿈에라도 만났으면 했지만, 개는 볼 수 없었습니다. 머릿속엔 온통 개 생각뿐이었습니다.
어느 깊은 밤이었습니다. 로하는 사무치는 그리움을 안고 바오바브나무에게 갔습니다.
"바오바브나무야, 저번에 미안했어. 너의 잘못이 아닌데…."
"이해해. 내가 너라도 그랬을 거야. 그런데 이 밤에 웬일이니? 잠도 안 자고."
"개가 너무 보고 싶어서 잠이 안 와."
"나도 그 녀석 생각이 나. 내일 밤에 다시 와."
"내일 밤에? 그러면 개를 볼 수 있어?"
"아마도."
"좋아, 내일 밤에 다시 올게. 약속해."
로하가 새끼손가락을 들어 보이자, 바오바브나무도 나뭇가지를 뻗으며 약속했습니다.

다음 날 밤이었습니다. 할아버지의 코골이 소리가 커지고 할머니도 잠들자, 로하는 깨금발을 하고 살금살금 밖으로 나와 어둠을 뚫고 바오바브나무에게 달려갔습니다.

"나, 왔어. 약속을 잊은 건 아니지?"

"응, 기다리고 있었어."

"개를 보여줘. 너무 보고 싶어."

"나를 안고 하늘을 올려다봐. 개가 나타날 거야."

"정말이니?"

"응. 우리 바오바브나무들이 힘을 합쳐 만들 거야."

로하가 바오바브나무를 끌어안자, 바오바브나무들도 서로 손을 맞잡았습니다. 순간, 은하수가 반짝이는 곳에서 개의 모습이 나타났습니다.

로하를 만나 행복해하던 시간이 오로라처럼 펼쳐졌습니다. 뱀에게 물린 개를 정성껏 보살피던 로하도 보였습니다. 강물에 떠내려간 신발을 찾기 위해 헤매던 모습도 있었습니다.

가시에 찔리고, 거센 물살에 휩쓸려 허우적대고 추위에 떨면서도 개는 신발 찾는 것을 포기하지 않았습니다. 그런 개를 지켜보던 로하는 미소도 짓고 눈물도 흘렸습니다.

"개는 지금 행복할까?"

"행복할 거야. 너의 사랑을 받았으니까."

"죽지 않았으면 좋았을 텐데. 나 때문에…."

"개는 오직 너만 생각했을 거야. 그러니 뱀과도 싸우고, 목숨을 걸고 신발을 찾아온 거지. 로하야. 죽음은 끝이 아니야, 누군가를 사랑한 것은 별이 되니까."

"그럼. 나를 사랑한 개도 별이 되었을까?"

"응. 저 하늘을 봐."

로하는 바오바브나무와 같이 하늘을 보았습니다. 반짝이는 별들 속에 언뜻언뜻 개의 모습이 보였습니다.

"저 별들 속에 개가 있네."

"어디? 아! 정말이네. 개가 우릴 보고 꼬리 치고 있네. 다행이야, 개가 행복해 보여서."

로하는 가슴이 설레었습니다.

"개는 저 하늘에 영원히 있을 거야, 그러니 너도 행복해하렴. 개도 그걸 바랄 거야. 용기도 갖고."

"용기? 난 용기가 무언지 몰라."

"개를 생각해 봐. 개에겐 용기가 있었으니까."

로하는 바오바브나무의 말을 곰곰이 되새겨 보았습니다.

하늘에는 은하수가 흐르고 별똥별도 집니다. 달님도 온화한 미소로 로하와 바오바브나무를 환하게 비춥니다. 땅에 그려진 로하와 바오바브나무의 그림자가 다정합니다.

11. 엄마의 편지

"로하야, 인제 그만 새 신발로 갈아 신어라."
할머니가 구멍 난 로하의 신발을 보며 말합니다.
"아직 더 신을 수 있어요."
"개도 네가 새 신발로 갈아 신기를 바랄 거야."
"새 신발이 낡아서 신을 수 없게 되면 어떡해요? 그러면 개를 떠올리지 못해요."
"개는 지워지지 않는 추억으로 우리에게 남아 있단다. 잊힐 리 없어."
할머니의 말에도 로하는 시큰둥합니다. 하지만 신발에 난 구멍은 점점 커졌고, 급기야 밑창도 너덜너덜합니다. 간혹 신발 속으로 흙도 들어왔습니다. 할아버지가 로하에게 개가 물고 온 신발을 내밉니다.

"네가 이 신을 신고 즐겁게 놀면, 개도 기뻐할 거야."

"정말요?"

"응."

할아버지의 설득에 로하는 할 수 없이 신발을 바꾸어 신습니다. 개와의 추억이 새록새록 살아납니다. 금방이라도 개가 꼬리 치며 사립문을 들어설 것 같습니다.

"새 신발을 신었구나! 잘했어. 개도 기뻐할 거야."

밖에 나갔더니, 펠레나가 신발을 보고 방긋 웃습니다.

"그래야 할 텐데."

로하는 여전히 개에게 미안합니다.

할아버지가 말쑥한 차림으로 집을 나섭니다. 아이들과 땅에 그림을 그리고 있던 로하는 할아버지를 보고 다가갑니다.

"할아버지, 어디 가세요?"

"시장에 가서 씨앗도 사고, 우체국에도 가고…."

"우체국에는 왜요?"

"그, 그럴 일이 있다."

할아버지가 말을 더듬는 것이 수상해서 로하가 빤히 바라봅니다. 골목으로 나오자, 수레가 털털거리며 옵니다,

"여보게. 좀 태워 주게."

할아버지가 손을 들고 소리칩니다.

"할아버지, 잘 다녀오세요."

로하가 꾸벅 인사합니다.

"그래, 금방 돌아오마."

할아버지를 태운 수레가 흙먼지를 일으키며 멀어집니다.

할아버지는 시장에 들러 할머니가 부탁한 씨앗을 사고, 친척도 만나 소식도 들었습니다. 물건을 사기 위해 흥정도 했습니다. 우체국도 들러 로하 엄마가 보낸 편지와 신발을 찾습니다.

서둘러 돌아온 할아버지가 로하를 부릅니다.

"로하야, 편지 읽어 보렴. 엄마가 보냈단다."

"엄마가요?"

엄마에게 소식이 왔다고 하자, 로하는 기뻐서 어쩔 줄을 모릅니다.

로하는 할아버지가 준 편지를 받아 읽습니다. 낭랑한 목소리가 울려 퍼집니다.

로하야, 잘 있지? 엄마는 요즈음 무척 바쁘단다.
장사가 아주 잘 되거든. 손님들이 조개껍질 목걸이를 최고라고 하네.
참 떠돌이 개랑 친구가 되었다며? 좋은 친구가 되길 바랄게.
네가 신발 잃어버렸다는 걸 할아버지께 들었다.
좋은 신발 보내니, 속상해하지 마.
엄마도 어릴 적에 강물에 신발 떠내려 보낸 적이 있거든.
그래서 네 마음을 짐작할 수 있어.
친구들과도 잘 놀고, 더위 조심하고 항상 씩씩하길.
할아버지와 할머니 말씀도 잘 듣고.

- 로하를 많이 보고 싶어 하는 엄마가

할아버지가 작은 상자에서 신발을 꺼냅니다. 알록달록한 것이 참 예쁩니다. 할아버지 곁으로 할머니가 다가와 신발을 구경합니다.

"웬 신발이에요?"

"로하 엄마가 보냈어요. 저번에 로하가 신발을 강물에 떠내려 보냈을 때, 내가 편지를 보냈거든요."

"그랬군요. 신발을 찾았으니, 이건 보관해 두는 게 좋겠어요.

집에 갈 때 신게요."

할머니가 할아버지에게 말하고는 소쿠리와 떡을 가져옵니다.

"로하야, 이 소쿠리랑 떡을 펠레나 집에 좀 가져다주겠니?"

"예, 그러잖아도 펠레나 집에 놀러 가려고 했어요."

로하는 할머니가 준 소쿠리랑 떡을 들고 펠레나의 집에 갔습니다. 평소 같으면 뛰어갔겠지만, 넘어지면 떡을 못 먹게 될까 봐 천천히 걸었습니다.

펠레라는 마당에서 빨래를 널고 있었습니다.

"자, 이거 받아. 할머니가 주셨어."

"떡이네! 야아, 맛있겠다. 고마워. 할머니께 잘 먹겠다고 말씀드려."

로하는 빨래 너는 것을 도와주다가 무심코 펠레나의 발을 보았습니다. 맨발이었습니다.

"왜 맨발이니? 신발은 어쩌고."

"동생 신발이 너무 낡아서 줬어. 어머니가 새 신발을 사 주신다고 했는데…."

펠레나는 얼굴을 붉힌 채 까만 발가락을 꼼지락거렸습니다. 로하는 흙 묻은 발이 몹시 안쓰러웠습니다. 그대로 두면 펠레나의 발이 온전치 않을 것 같았습니다.

"심부름을 끝냈으니, 집에 돌아가야겠어."

로하의 말에 펠레나가 섭섭한 얼굴을 했습니다.

"벌써? 놀다 가지…."

로하는 집으로 돌아오자마자 할머니께 말했습니다.

"할머니! 엄마가 보낸 신발, 펠레나에게 주면 안 돼요?"

"왜? 펠레나는 신발이 없니?"

바느질하고 있던 할머니가 곁눈으로 로하를 보았습니다.

"동생 신발이 낡아서 자기 걸 주었대요. 맨발이더라고요."

"저런! 발이 다치면 안 되지. 어서 펠레나에게 신발을 가져다주렴."

"고마워요, 할머니."

"고맙긴. 펠레나를 생각하는 너의 마음이 더 예쁜걸."

할머니가 신발을 로하에게 안겨 주며 환하게 웃었습니다. 로하는 신발을 품에 안고 토끼처럼 힘차게 달렸습니다. 펠레나가 기뻐할 것을 생각하니, 기분이 날아갈 것 같았습니다.

"로하야, 웬일이니? 왜 다시 왔어?"

펠레나가 눈을 동그랗게 떴습니다.

"그, 그냥…."

"수상하네. 뒤에 감춘 게 뭐야?"

"아, 아무것도 아니야."

"뭔데? 한번 보자."

"신발이야."

로하가 신발을 내밀자, 펠레나가 깜짝 놀라는 얼굴을 했습니다.

"와아, 좋은 신발이네."

"할아버지께서 내가 신발을 강물에 떠내려 보냈을 때, 엄마에게 편지하셨나 봐. 새 신발이야. 너 신어. 발에 상처 나면 안 되잖아."

"네 신발인데, 내가 어떻게…."

펠레나가 머뭇대자, 로하가 펠레나에게 신발을 신겨줍니다. 신발이 발에 딱 맞습니다.

"다행이야, 안 맞을까 봐 걱정했는데."

로하가 기뻐합니다.

"정말 내가 신어도 돼?"

"응, 난 개가 찾아온 이 신발이 있잖아. 할아버지가 그러시는데, 우린 발이 금방 자라서 그냥 두면 못 신게 될 거래."

"고마워, 로하야. 잘 신을게."

펠레나가 눈물을 글썽거리며 살며시 웃었습니다. 로하의 마음이 뿌듯해집니다.

12. 할아버지의 선물

펠레나는 로하가 준 신발을 아끼려고 손에 들고 다녔고, 축구도 잘 하지 않았습니다. 대신 그늘에서 아이들과 함께 아보르 바오바브나무를 만들었습니다.

어른들처럼 만들진 못했지만, 펠레나의 것에는 독특한 상상력이 여며져 있어 생동감이 넘쳤습니다.

"누나, 이거 어때? 잘 만들었지?"

한 아이가 아보르 바오바브나무를 조각한 것을 펠레나에게 자랑했습니다.

"와아! 잘 만들었어. 독특한걸."

펠레나가 아이를 칭찬했습니다. 그러자 다른 아이들도 앞다투어 펠레나에게 자기가 만든 아보르 바오바브나무를 보여주었습니다. 모두 순수한 아름다움이 있는 작품이었습니다.

펠레나는 아이들이 만든 것을 들고 바오바브나무 거리에 있는 가게로 갔습니다.

"아저씨. 이거 우리가 만든 건데, 어때요?"

"멋지구나. 어떻게 이런 걸 만들 생각을 했니?"

아저씨는 아이들과 공을 차거나 마수가누를 하는 모양을 한 아보르 바오바브나무를 보고 연신 감탄했습니다.

"여기 두고 가렴. 관광객들이 흥미로워할 거야."

아저씨는 펠레나가 가져온 아보르 바오바브나무를 관광객들이 잘 보이는 곳에 나란히 늘어놓았습니다.

"할머니, 할아버지는 어디 가셨어요? 어제도 안 들어오시고."

로하는 할아버지가 보이지 않자, 궁금해서 할머니에게 물어봅니다.

"바닷가 마을에 가셨단다. 멀어서 못 돌아온 거지. 오늘은 오실 거다."

"그곳에는 왜 가셨어요?"

"예전에 파마디하나를 했던 집에서 의논할 일이 있다고 할아버지를 부르셨다. 마침 근처에 볼일도 있고 해서 가셨어."

늦은 밤까지 할아버지가 돌아오시지 않자, 로하는 기다리다 그만 잠이 들었습니다.

새벽에 온 할아버지가 품속에서 강아지를 꺼내 놓았습니다. 잔뜩 움츠려 있던 강아지가 조금씩 로하에게 파고들었습니다.

"녀석! 로하에게 파고드는 걸 보니, 어미 품이 그리운가 보네."

할아버지가 강아지를 로하 곁에서 떼어 놓아도 소용없었습니다.

"할아버지 누구네 강아지예요?"

일찍 일어난 로하가 강아지를 안고 나옵니다.

"파마디하나를 한 집에서 얻어온 거다. 어젯밤 함께 잠을 잔 걸 보니, 널 잘 따를 것 같구나."

"네, 할아버지."

강아지는 눈이 크고 귀가 쫑긋한 것이 영리해 보였습니다. 강아지는 로하를 따라다니다가 마당에 나가 땅을 파기도 하고, 나뭇가지를 물어뜯으면서 놉니다. 그러다가 싫증 나면 로하 몰래 신발을 물고 다닙니다. 어느새 강아지의 쉼터가 된 그늘에는 온갖 것이 어지럽게 늘어져 있습니다. 강아지 코에는 흙이 잔뜩 묻어 있습니다.

"이 녀석, 개구쟁이구나."

번쩍 들어 올려서 겁을 주어도, 강아지는 꼬리만 살래살래 흔들 뿐입니다. 그래도 로하는 강아지를 늘 데리고 다녔습니다. 아이들과 놀 때도, 할머니 심부름할 때도, 펠레나와 연못에서 고기를 잡을 때도.

로하는 강아지가 어떡하든 자기를 따라다니려고 애를 쓰니, 애틋한 마음이 들었습니다.

"바오바브나무야~."

로하는 오랜만에 바오바브나무를 불러보았습니다.

"안녕. 로하, 강아지가 참 예쁘게 생겼네."

바오바브나무가 기지개를 켭니다.

"이 녀석이 나만 졸졸 따라다녀."

강아지를 들어서 보여주니, 바오바브나무가 가지를 뻗어 어루만져 줍니다.

"눈빛이 참 곱네. 영리해 보여. 저번의 그 개처럼."

"정말?"

로하는 강아지의 눈을 자세히 보았습니다. 까만 눈동자에 로하의 검게 탄 얼굴이 얼비쳤습니다.

"이 강아지 잘 지켜 줘. 용감한 개가 될 수 있게."

"그래, 약속할게."

바오바브나무가 강아지를 따뜻한 눈으로 바라보았습니다.

"로하 형, 여기서 뭐 해요?"

키 작은 아이가 로하를 보고 달려왔습니다.

"바오바브나무를 보고 있었어."

"어, 강아지는 어디서 났어요?"

"할아버지가 바닷가 마을에서 얻어오셨어. 그런데 펠레나 누나 못 봤니? 하루 종일 안 보이던데."

"아까 냇가에서 빨래하고 오던데요. 아보르 바오바브나무를 다 팔았다고 신나 하면서요."

"관광객에게 인기가 많았나 보네."

"형, 땅 메우러 가요."

아이가 삽을 들고 로하를 찾아왔습니다.

"땅을 메운다고?"

"네, 자동차가 다니면 땅이 움푹 파이는데, 잘 메어 놓으면 관광객이 칭찬도 하고 먹을 것도 줘요."

"그거 재미있겠다."

로하는 아이를 따라 땅을 메우러 갔습니다. 아이의 말대로 땅을 메우니, 자동차를 탄 관광객이 칭찬하며 먹을 것을 주었습니다.

아이와 헤어진 로하는 개가 생각나서 언덕으로 향했습니다. 강아지가 오르막길을 오르면서 자꾸 미끄러져서 번쩍 들어서 안았습니다.

언덕에 올라서니, 들녘에서 추수하는 농부들이 보입니다. 아침에 비가 와서인지 개의 무덤가에 핀 들꽃이 싱싱합니다. 로하는 떨어진 꽃잎을 주워 무덤에 올려놓고 쪼그리고 앉습니다.

"잘 있었어? 그곳은 좀 어때? 친구는 좀 사귀었니?"

무덤 위에 강아지가 올라가자, 로하가 덥석 잡습니다.

"강아지 누구 거냐고? 할아버지가 바닷가 마을에서 얻어오셨어. 지금은 어리지만, 금방 자라 너처럼 멋진 개가 될 거야. 지켜봐 줘."

로하는 마치 개가 듣고 있는 듯 조잘거렸습니다.

"이름은…. 아직 못 지었네. 그러고 보니, 너의 이름도 없고. 다음엔 꼭 이름 지어 올게. 네 것도."

문득 로하는 개에게 이름을 지어 주지 못한 것이 미안했습니다. 무덤을 토닥거리다가 마을을 내려다보니, 멀리 펠레나가 보입니다. 팔랑거리는 긴 머리, 껑충껑충 뛰는 모습이 힘차 보입니다. 바오바브나무 밑에서 만나기로 한 것을 깜빡 잊고 있던 로하는 아차! 하며 재빨리 언덕을 내려갑니다. 강아지도 뒤를 따르다 구르다시피 하며 내려옵니다.

13. 이름 두 개

"나, 여기서 한참 동안 너 기다렸다."
"쳇, 거짓말! 언덕 위에서 다 봤어. 네가 헐레벌떡 뛰어오는 거."
"킥킥킥, 들켰네. 깜빡 잊고 있다가…."
펠레나가 얼굴을 붉히면서 생글거렸습니다.
"할아버지가 데려온 강아지니? 귀엽다. 이름은 지었니?"
"아직 못 지었어. 개 이름도 지어야 해."
"그러고 보니, 개도 이름이 없었네. 빨리 지어 줘. 가자! 아이들이 기다리고 있어."
"어딜 가려고?"

"냇가에 가야지. 강아지 씻기러."

그러고 보니, 언덕에서 내려오느라 강아지가 흙투성이가 되었습니다.

펠레나가 강아지를 안고 앞섰습니다. 냇가에서 펠레나와 아이들은 강아지를 깨끗이 씻겨 주었습니다. 강아지는 짧은 다리를 휘저으며 헤엄도 곧잘 쳤습니다. 코에 꼬륵꼬륵 들어간 물도 잘 뱉어냈습니다. 씻은 후엔 햇볕에 젖은 털도 잘 말려 주었습니다. 꾀죄죄했던 모습은 감쪽같이 사라지고 말쑥해졌습니다.

"강아지 목욕시켰구나."
"네, 할머니. 강아지 이름을 지어야겠어요."
"맞아, 이름이 있어야지. 어떤 이름이 좋을까?"
"글쎄요. 할아버지가 오시면 같이 지어 봐요."
로하는 할아버지를 기다리면서 강아지 이름을 생각해 봅니다.
'레나, 코제트, 봉봉, 나나….'
모두 그럴듯한 이름이지만, 어쩐지 무언가 부족해 보입니다.
들에 나갔던 할아버지가 돌아와 그늘에서 쉬고 있을 때, 로하가 할아버지에게 가서 말합니다.

"할아버지, 강아지 이름을 지었으면 좋겠어요. 좋은 이름 없을까요?"

"음…. 두두 어떠냐?"

"두두라…. 강아지랑 안 어울리는 것 같아요."

"그럼. 마농은? '귀여운'이라는 뜻이야."

할머니가 제안했습니다.

"괜찮구려. 강아지가 귀여우니, 잘 어울리네요."

"저도 좋아요."

로하도 좋아했습니다. 이렇게 해서 강아지 이름은 마농으로 정해졌습니다.

"할아버지, 개의 이름도 지었으면 해요."

"아차! 개도 이름이 없었구나. 비록 살아있진 않지만, 너를 위해 한 일이 너무나 많으니…."

이번에는 할머니가 가장 먼저 개의 이름을 지었습니다.

"음…. 벨이 어떨까? 벨은 '아름답다'라는 뜻이야."

"개가 우리 가족에게 아름다움으로 남았으니, 좋을 것 같아요."

할아버지가 할머니 이름 짓는 솜씨에 감탄했습니다.

"벨, 좋아요. 개에게 이름을 지어 주니, 기뻐요. 살아있을 때 한

번 불러줘야 했는데….”

로하는 개를 떠올리며 하늘을 올려다보았습니다. 파란 하늘 어디쯤에 흐뭇해하는 개가 있는 것 같았습니다.

“강아지 이름을 마농이라고 지었어. 어때, 좋지?”
“마농이라면, 강아지의 귀여운 모습과 잘 어울리네.”
바오바브나무가 강아지를 보며 활짝 웃었습니다.
“개의 이름도 지었어. 벨이야.”
“벨? 참 좋은 이름이야. 비록 떠돌이였지만, 순수한 용기를 가진 아름다운 개였어.”
“순수한 용기?”
“응, 수 천 년을 살았지만, 그런 용기는 처음 봐. 로하야, 너도 벨처럼 용기를 가지렴.”
바오바브나무의 말이 로하에게 큰 울림으로 다가왔습니다.
“벨처럼 용기를? 내가 어떻게….”
“너 자신을 믿어 봐. 용기는 누구에게나 있는 거니까.”
바오바브나무는 로하와 눈 맞춤하며 격려해 주었습니다. 로하는 늘 용기에 대해 생각했지만, 제자리걸음만 할 뿐이었습니다.

14. 다짐, 그리고 이별

　두둥두둥 둥둥둥! 바오바브나무 거리에서 북 두드리는 소리가 납니다. 마을 청년들이 관광객에게 선보일 춤을 연습하는 것입니다. 로하도 할아버지와 할머니를 따라서 집을 나섭니다.
　마농이 저만치 앞서서 갑니다. 이제 제법 커서 밥도 잘 먹고 달리기도 곧잘 합니다. 깊게 파인 웅덩이도 가뿐히 오르고 장난도 안 치고, 제법 의젓합니다.
　청년들이 모내기나 벼 타작, 나무하기 등 마을 사람들의 일상을 표현하는 춤을 추고 있습니다. 얼마 동안 흥겹게 춤을 추던 한 청년이 앞으로 나서서 다음에 출 춤에 관해서 설명합니다.

"여러분, 마지막으로 '바오바브나무와 사람들'이라는 춤을 보여 드리겠습니다. 바오바브나무를 주인공으로 한 춤이어서, 이곳에서 추면 더욱 잘 어울릴 것 같습니다."

"정말 좋은 생각을 했네. 모두 좋아할 걸세."

할아버지가 앞으로 나서며 청년을 칭찬했습니다. 청년들이 기분 좋아서 더 힘차게 춤을 추었습니다. 사람들도 흥에 겨워 몸을 으쓱거렸습니다.

춤을 마치자, 사람들이 손뼉을 치며 좋아했습니다.

"좋아요. 춤이 아주 멋져요."

마농도 좋아서 팔짝팔짝 뛰었습니다.

"할아버지, 그게 뭐예요?"

땅 메우기를 하고 집에 온 로하가 할아버지께 묻습니다.

"아보르 바오바브나무를 만들 때 쓸 조각칼이란다."

"참 특이하게 생겼네요."

"응, 세밀한 작업을 해야 하니까. 참 엄마에게 편지가 왔다. 방학이 끝나가니, 돌아오라고 하는구나."

할아버지 말을 듣자, 로하는 갑자기 머리가 멍해지는 것 같았습니다.

"서운해하지 말거라. 다음 방학에 또 오면 되니…."

"네…. 언제 가야 해요?"

로하가 힘없이 물었습니다.

"모레 아침에. 집으로 가는 버스가 있단다."

"하루만 더 있다 가면 안 돼요?"

"곧 우기라서 가야 할 것 같구나. 비가 많이 내리면 버스가 끊기거든."

떠나야 한다는 생각에, 로하의 마음이 쓸쓸해집니다. 정든 마농과 펠레나, 바오바브나무가 눈앞에 가물거립니다.

며칠 사이에, 개의 무덤에 풀이 많이 자랐습니다. 로하는 풀을 깨끗이 뽑고 들꽃도 심습니다. 무덤 주위에 어질러져 있는 시든 꽃잎도 깨끗이 주웠습니다. 무덤을 빙 둘러서 돌도 놓습니다.

"너의 이름을 지었어. 벨이야. 넌 아름다우니까. 펠레나에게 엄마가 보낸 신발을 주었어. 신발이 없었거든. 네가 신발을 찾아온 덕분이야. 그렇지 않았다면 펠레나의 발에 계속 상처가 날 거야. 그리고, 다짐했어. 너처럼 용기를 갖기로. 두렵고 무서워도 이겨 낼 거야. 네가 나에게 준 사랑이 있으니…. 내일 집으로 돌아가. 방학이 끝나가거든. 섭섭해하지 마. 또 올 거니까, 네가 이곳에 있으니 참 좋아. 언제든 만날 수 있으니까."

로하는 개를 쓰다듬듯 무덤을 쓰다듬었습니다.

언덕에서 내려와 관광객들이 모여 사진을 찍고 있는 곳을 지날 때, 펠레나가 로하를 부르며 다가왔습니다.

"로하야, 너 정말 가는 거야?"

펠레나의 눈가가 촉촉해집니다.

"으응, 잘 지내."

"안 가면 좋을 텐데…."

로하는 힘없이 돌아서는 펠레나를 잡으려 했지만, 선뜻 나서지 못합니다.

저녁 하늘에 별이 돋자, 로하는 바오바브나무에게 작별 인사를 하러 갔습니다.

"바오바브나무야, 그동안 고마웠어."

"고맙긴. 내가 더 고마워. 또 올 거지?"

"응. 헤어지는 일이 없으면 얼마나 좋을까. 펠레나의 눈에도 눈물이 안 어릴 텐데…."
"헤어져야 또 만나지. 이별은 다른 만남을 약속하는 거니까."
"그러면 난 개와 너, 펠레나에게 다시 만나자고 약속하는 거네."
"그럼. 우린 꼭 만날 거니까."
바오바브나무가 싱긋 웃었습니다.

이른 아침, 로하는 집으로 갈 준비를 서둘렀습니다. 잠을 설친 탓에 입맛이 없었지만, 억지로 밥을 먹었습니다. 마눙도 꼬옥 안아 주었습니다. 할머니가 깨끗이 빨아 말린 신발과 도시락을 주었습니다. 가방을 메고 할머니

에게 인사한 뒤 집을 나와 바오바브나무 거리로 가니, 할아버지가 로하를 기다리고 있었습니다.

잠시 후, 할아버지가 부른 달구지가 나타났습니다.

"할아버지. 늦어서 죄송해요."

"아닐세. 때맞춰 잘 왔네. 로하야, 이 청년이 툭툭이가 기다리고 있는 곳까지 데려다 줄 거다. 자, 어서 타거라. 시간이 없다."

로하는 무거운 마음으로 달구지에 올랐습니다. 바오바브나무를 향해 손을 흔드니, 나뭇잎을 팔랑거립니다. 펠레나가 보이지 않아 아쉬운 마음에 고개를 숙이고 있는데, 불현듯 목소리가 들렸습니다.

"로하야, 기다려."

펠레나와 아이들이 손에 꽃을 들고 뛰어왔습니다.

"늦어서 미안. 예쁜 꽃을 찾느라 멀리까지 갔거든."

펠레나와 아이들의 이마에 땀이 송골송골 맺혀 있었습니다.

"고마워."

"형, 잘 가. 또 와."

아이들의 눈에 눈물이 그렁그렁했습니다. 로하도 울컥 눈물이 솟구쳐 아무 말도 하지 못합니다. 펠레나와 아이들이 멀어지자, 로하는 그제야 손을 흔들며 힘껏 소리쳤습니다.

"잘 있어. 또 올게. 마농을 잘 돌봐 줘."

"걱정하지 마. 기다릴게."

로하의 말을 들은 아이들이 소리쳐서 대답했습니다. 아이들의 목소리가 메아리 되어 멀리까지 울려 퍼졌습니다.

길을 휘도니 달구지를 향해 뛰어오던 아이들도 보이지 않습니다. 달구지는 덜컹거리며 길을 갔고, 마침내 툭툭이를 만났습니다.

툭툭이는 쉼 없이 달려 금방 버스가 기다리고 있는 정류장에 도착했습니다. 버스는 로하를 기다렸다는 듯 타자마자 곧바로 출발했습니다.

펠레나와 개, 아이들과 바오바브나무가 머릿속에서 맴돌다 차창 밖 가로수 사이로 멀어져갔습니다.

15. 내 빵 내놔

로하가 온다는 소식에 엄마는 가게 문을 일찍 닫았습니다. 시장에서 장도 보고 맛있는 빵과 옷도 샀습니다. 로하의 방도 청소하고 잠자리도 깔끔하게 정리했습니다.

모든 준비를 끝낸 뒤엔 밥도 하고 생선도 구웠습니다. 막 밥상을 차리려고 할 때, 로하가 엄마를 부르며 마당으로 들어섰습니다.

"엄마, 로하가 왔어요."

로하의 목소리에 엄마는 재빨리 마당으로 나갔습니다.

"로하가 왔구나. 얼굴이 새까맣게 탄 걸 보니 친구들과 재미있게 놀았나 보네."

"네! 개와 펠레나, 아이들과 바오바브나무랑 놀았어요."
"개라니? 할아버지 집에 개가 있었나 보네."
"아니요. 들개였어요."
"들개?"
"네. 저와 친구가 되어 집에서 함께 살았어요. 뱀으로부터 지켜 주고, 강물에 떠내려간 내 신발도 찾아왔어요. 똑똑하고 멋진 녀석이었어요. 지금은 하늘나라에 있지만…."
"오! 그랬구나. 멋진 친구가 있었구나."

엄마는 로하의 얼굴을 비비며 놀라워했습니다. 펠레나 이야기도 했습니다.

왼팔에 장애가 있지만, 엄마를 돕고 동생들을 보살피는 착한 소녀라고.

바오바브나무도 이야기하고, 할아버지가 조각한 아보르 바오바브나무에 관해서도 설명했습니다. 여러 나라에서 온 관광객에 대해서도 말했습니다.

두 사람의 대화는 깊은 밤까지 이어졌습니다.

"좋은 소식을 알려 줄게."

엄마가 갑자기 자기 이야기를 꺼냈습니다.

"그게 뭔데요?"

좋은 소식이라니, 괜히 설레었습니다.

"가게를 샀어. 장사 목이 아주 좋은 곳이야."

"와아, 축하해요, 엄마! 드디어 꿈을 이루었군요."

"고마워. 로하 덕분이야, 끼니도 제대로 챙겨 주지 못하는데, 투정도 안 부리고 이해해 주었잖아. 그래서 이렇게 좋은 일이 생긴 거야. 브누아 엄마도 같이 일하기로 했어. 형편이 나아지면, 옆 가게를 사서 식당도 하려고 해. 내일 브누아랑 같이 놀러 오렴.”

"멋진 계획이네요. 브누아 엄마는 음식을 잘하니 식당이 잘될 거예요.”

"그럼! 브누아 엄마 음식 솜씨를 믿고 하는 건데.”

로하는 손뼉을 치며 엄마를 응원했습니다.

곤히 잠들었던 로하가 깼을 땐, 점심이 다 되어갈 무렵이었습니다. 엄마가 써서 탁자 위에 놓아둔 메모를 읽고 있는데, 브누아가 부르는 소리가 들렸습니다.

"로하야, 어디 있니?”

로하는 부리나케 마당으로 나갔습니다. 둘은 반가운 얼굴로 서로를 반겼습니다.

"잘 있었니? 보고 싶었어.”

"나도 그랬어. 그런데 넌 얼굴에 웬 흉터야?”

로하가 브누아의 얼굴을 들여다보며 걱정스러운 표정을 지었습니다.

"아, 아무것도 아니야, 축구하다가 넘어진 거야.”

"거짓말하지 마. 피에르가 그런 거지? 솔직히 말해 봐.”

"그…래. 친구들과 놀고 있는데, 자기를 안 끼워 준다고 훼방

놓고 때리고 그랬어."

"그런 녀석은 혼내줘야 하는데…."

로하의 표정이 어두워졌습니다.

로하는 어젯밤 엄마가 가게에 놀러 오라고 한 말이 생각나서 브누아를 데리고 밖으로 나왔습니다.

가게는 손님들로 북적였지만, 엄마는 짬을 내서 예쁜 조개껍질 목걸이도 구경시켜 주고 맛있는 것도 사 주었습니다. 브누아 엄마도 행복해 보였습니다. 사람들이 분주히 오가는 길가에 앉아 엄마가 일하는 것도 구경했습니다.

"엄마가 돈 더 벌면 가게를 산다고 했어."

"왜? 목걸이 가게를 더 크게 하시려고?"

"아니야. 네 엄마가 음식을 잘하셔서 함께 식당을 하신대."

"좋은 생각이야, 엄마 꿈이 식당 하는 거거든."

브누아가 기뻐서 껑충껑충 뛰었습니다.

로하와 브누아는 남은 방학 동안 산과 들로 다니며 곤충을 채집하고 강에서 낚시도 했습니다. 아이들과 어울려 골목도 누볐습니다. 엄마의 조개껍질 목걸이를 만드는 일도 도왔습니다. 선생님이 내준 방학 숙제도 끝냈습니다. 그러는 사이, 개학날이 다가왔습니다.

"벌써 내일이 개학이네."

브누아가 아쉬운 듯 말했습니다.

"그러게. 방학이 더 길면 좋을 텐데. 친구들이 보고 싶네."

"개학날 빵 줄 건데, 또 뺏기는 건 아닐까. 피에르 녀석이 가만히 있지 않을 건데."

브누아가 로하를 보며 불안해했습니다.

개학날, 로하와 브누아는 학교로 향했습니다. 오랜만에 학교에 가서 설레었지만, 피에르 때문에 걱정도 되었습니다.

교실로 들어서니, 이야기를 나누느라 왁자지껄했습니다.

뛰어다니는 아이도 있고, 방학 숙제를 벼락치기로 하는 녀석도 있었습니다. 반장이 조용히 하라고 해도 아무런 소용이 없었습니다.

선생님이 미소를 머금고 교실로 들어서자, 로하와 브누아도 얼른 자리에 앉았습니다.

"방학 잘 보냈죠? 결석한 친구가 없는 걸 보니, 모두 잘 보냈나 보네. 오늘은 개학날이니, 수업은 세 시간만 하고 대청소를 할 거예요. 청소 끝나면 빵도 줄 거예요. 아주 맛있는 빵이에요."

맛있는 빵이라는 말에, 아이들이 책상을 두드리며 환호했습니다.

수업이 끝나고 아이들은 열심히 청소했습니다. 덕분에 교실은 물론 복도와 유리창도 깨끗해졌습니다.

선생님이 나눠 주는 빵은 정말 맛있어 보였습니다. 모자라면 어쩌나 걱정했지만, 다행히 모든 아이에게 빵이 돌아갔습니다.

"휴우, 다행이다. 오늘은 피에르도 빵을 빼앗지 않을 거야. 저도 받았으니."

브누아가 중얼거렸습니다. 로하와 브누아는 아이들과 함께 교실을 나섰습니다.

하지만 로하는 피에르가 마음에 걸렸습니다. 그래서 브누아를 데리고 나무 울타리 밑으로 기어 나와 큰길로 가는 둑으로 갔습니다.

그런데 아이들이 웅성거리고 있었고, 그 속에 피에르가 있었습니다.

"어서 와, 기다리고 있었어. 빵 내놔."

브누아가 도망치려고 하자, 피에르가 재빨리 앞을 가로막았습니다.

"어딜 도망가려고! 빵 내놔."

"너도 받았잖아. 왜 매번 빵을 뺏는 거야."

브누아가 뒷걸음질 치자 피에르의 패거리가 가방을 낚아채서 빵을 꺼냈습니다.

"아, 안 돼. 이리 줘."

브누아가 발버둥 치니, 피에르가 배를 걷어찼습니다. 패거리도 브누아를 마구 때렸습니다. 로하는 무서워서 온몸이 굳는 것 같았습니다.

"너도 빵 내놔."

피에르가 로하의 것도 빼앗으려고 달려들었습니다. 로하는 빵을 움켜쥐고 몸을 움츠렸습니다.

"어쭈. 안 내놔?"

피에르가 로하의 얼굴과 머리를 주먹으로 때리고 발로 찼습니다. 로하는 땅에 꼬꾸라졌습니다. 피에르가 로하의 손에서 빵을 빼앗았습니다.

로하의 코와 입에서 피가 흘렀습니다. 두려움에 떨고 있는데, 눈앞에 개의 모습이 떠올랐습니다. '너도 용기를 가져 봐'라는 바오바브나무의 목소리도 들렸고 펠레라도 보였습니다. 로하는 주먹을 불끈 쥔 채 일어났습니다.

"내 빵 돌려줘."

"뭐? 이게 정말!"

로하는 주먹을 피한 뒤, 용수철처럼 튀어 올라서 피에르의 얼굴에 박치기를 했습니다.

"으흑!"

피에르가 신음하며 앞으로 푹 고꾸라졌습니다. 코와 입에서 붉은 피가 주르르 흘러내렸습니다. 로하는 재빨리 발로 피에르의 가슴팍을 꽉 눌렀습니다. 패거리 중 한 명이 로하에게 다가가자, 브누아도 달려들었습니다.

"내 빵 내놔."

로하가 소리치며 발을 목 쪽으로 가져갔습니다.

"빵, 주, 줄게. 이거 놔줘. 컥컥!"

피에르가 괴로워하며 얼굴을 잔뜩 찡그렸습니다.

"빵 줘…."

피에르의 말에 패거리가 빵 두 개를 브누아에게 주었습니다.

"이젠 누구의 빵도 빼앗지 마. 없으면 나눠 먹으면 되잖아."

로하는 그제야 발을 거두었습니다. 브누아는 순식간에 일어난 일이 얼떨떨합니다.

둑에서 내려오니, 먼 하늘에 무지개가 떠 있었습니다. 개와 펠레나, 바오바브나무가 그 속에서 그리운 물결로 어른거렸습니다.

"로하야, 괜찮니?"

"응. 도와줘서 고마워. 이젠 절대 빵 뺏기지 말자."

"그래. 우리도 용기가 있으니까."

로하는 무지개를 하염없이 바라보았습니다. 개가 로하를 향해 달려오고 있었습니다.